KB235023

feat. 죽음

일곱 개의 삶으로 연결된
7개의 죽음

카논 소설선 #1

feat. 죽음

—

1판 1쇄 2023년 7월 17일 발행

지은이 이희단, 조유영, 박초이, 이찬옥, 김소래, 김영석, 김주욱
편집 김영석, 김동현
기획 김주욱
디자인 김동현
펴낸곳 도서출판카논
ISBN 979-11-979582-4-3
가격 15,000원

feat. 죽음

이희단

조유영

박초이

이찬옥

김소래

김영석

김주욱

CANON

목차

<소설 숲 프로젝트>

　　글쟁이들을 만나면 항상 하는 말이 있습니다. "출판 시장이 죽었다." 출판 시장에서 '죽음'의 의미를 되새겨 보았습니다. 출판 시장은 아직 살아있지만, 과거에 집착한 출판사나 변태하지 않는 저자의 시장이 죽은 게 아닐까? "지금은 만 명이 좋아할 콘텐츠보다는 천 명이 좋아할 열 개의 콘텐츠가 필요한 시대이다."라는 어느 출판 편집자의 조언을 귀담아듣고 기획 콘텐츠를 준비했습니다. 1997년 탄생한 문예문화지 계간『문학나무』출신 중에서 묵묵히 자기 세계를 추구하는 소설가를 찾아가 '삼고초려'를 했습니다. 거절당하고 추천받는 과정을 거쳐 2022년 겨울부터 기획 세미나를 열었습니다. 낮은 불협화음이 없진 않았지만, 콘텐츠의 관통 주제를 집약할 수 있었습니다. '껍데기와 알맹이', '중년의 히스테리', '죽음의 장소' 중에서 '죽음'으로 정하고 사건이 일어난 장소와 공간을 부각하기로 했습니다. 그다음 초고가 나왔을 때 비평 세미나를 열어 개별 작품과 전체 콘셉트를 조율했습니다. 이런 과정을 통해 완성된 공동소설집이 다룬 '죽음'에 관해 다양한 재해석이 이어지길 바랍니다.

　　<이야기 나무를 가꾸는, 소설 숲 프로젝트>가 내년 혹은 내후년에는 새로운 작가들이 참여하여 색다른 주제로 이어지길 기원합니다.　ㅣ김주욱

죽음이라는 테마에 대한 단상

죽음을 직접 체험할 수는 없다. 내가 존재하고 있는 한 죽음은 오지 못하고 죽음이 왔을 땐 나는 이미 가고 없기 때문이다. 그렇기에 타인의 죽음을 통해서만 간접적으로 죽음을 맛 볼 수 있을 뿐이다. 버스나 전철을 타고 갈 때 예기치 않게 원래의 목적지가 아닌 곳에서 내릴 때가 있다. 그곳이 낯선 곳이라면 생경한 풍경에 적잖이 놀라기도 한다. 죽음은 그렇게 우리로 하여금 당연한 듯 지속하는 삶의 여정에서 한 번씩 새로운 장면을 마주하게 만들곤 한다. 끔찍할 정도의 황무지를 펼쳐 놓기도 하고 생각지 못한 아름다운 광경을 던져 주기도 한다. 그곳에 머무르느냐, 다시 버스에 오르느냐는 자신의 선택이다. 그러나 죽음만은 선택할 수 없다. '죽음'을 테마로 한 이 단편집은 모두에게 선고된 미래, 죽음을 통해 각자가 삶의 편린을 어떻게 마주하고 그것을 통해 어떻게 삶의 변주를 불러일으킬 수 있는가에 대한 소설로 채워져 있다.

이 소설집을 통해, 느닷없는 방문자 죽음이라는 누룩을 통해 당신 삶이 부풀어 오르길 바란다. 그 모양과 맛은 어떻든 상관 없다. 다만 이전과는 다른 삶이 우리 앞에 펼쳐질 거라는 사실, 낯선 풍경 속으로 우리를 데려갈지 모른다는 사실, 지금 타고 있는 버스에서 내려야 할지도 모른다는 사실을 잠시라도 붙잡아 볼 수 있다면 말이다.　ㅣ **김영석**

오사카의 시계

이 희 단

오사카의 시계

꽃이 진 자리에 돋아난 새잎이 연초록색을 띠고 있다. 연초
록색 나뭇잎이 작은 바람에도 흔들린다. 흔들리는 것은 내 마
음인가. 연한 나뭇잎 사이로 비치는 햇살이 따스하게 나를 비
춘다. 그와 거닐었던 길을 이제는 혼자 걷고 있다. 그는 어디로
갔을까. 하늘에서 나를 내려다보고 있을까. 내게 남겨진 시계
를 들여다본다. 멈춘 시계 바늘이 가리키고 있는 순간이 그가
떠난 시간일까. 고개를 들어 위를 올려보니 나뭇잎 사이로 보
이는 하늘은 여전히 눈부시다. 그가 없는데도 자연은 여전히
자신의 궤도를 가고 있다. 다시 발걸음을 옮긴다. 흙길이 끝나
는 곳에서 절이 나타난다. 사찰 풍경을 사진에 담던 그의 모습
이 보이는 듯하다. 눈앞에 서 있는 절이 뿌옇게 보인다. 눈물이
나왔던 것일까. 나는 주머니에 있는 시계를 만지작거리며 멀

리 올라 온 길을 다시 내려간다. 천천히 걸으며 눈여겨보았던 나무를 찾는다. 알 수 없을 만큼 오래 잎을 피우고 자리를 지켰을 나무, 저 나무의 뿌리와 줄기를 감싸고 있는 흙은 어쩐지 부드러울지도 모르겠다는 생각이 든다. 시계를 꺼낸다. 그러나 나는 시계를 나무 아래에 묻지 못하고 도로 주머니에 넣는다. 그와 함께 왔던 공주의 갑사를 들어가 보지도 못한 채 나는 그곳을 그냥 나온다. 그가 좋아했던 사천왕상도 보지 못하고 단청을 칠하지 않아 소박했던 대웅전도 볼 수가 없다. 하늘에 닿을 듯 높이 솟은 철당간도 볼 수가 없다. 나는 도망치듯 그곳을 나온다.

떠나고 싶기는 했다. 어디든 여행을 간다면 따라가겠다고 여행사에 약속했던 터였다. 이번 프로그램을 기획한 여행사는 인문기행을 전문으로 하는 곳이었는데 여행의 패러다임을 바꾸겠다는 사명을 가지고 의욕적으로 일을 했다. 외국의 아름다운 경치나 보고 다니는 여행은 이제 그만해야 한다고 나름 강조했다. 여행을 가면 그 나라의 역사와 문화를 배워 와야 한다는 것이다. 맞는 말이긴 했다.

몇 년 만에 하늘길이 열려 해외여행객이 넘쳐난다고 뉴스에서는 전했다. 3년 만에 열린 길을 나도 가고 싶다는 마음이 들던 참이었다. 그러나 특별히 어디를 가고 싶다는 생각은 들지 않았다. 한동안 TV를 켜기만 하면 여행프로그램들로 넘쳐났다. 외국에 나갈 수 없는 시기였지만 이미 세계 여러 나라, 웬만한 국내의 여행지는 모두 가 본 것처럼 여겨졌다. 그래서 그런지 막상 떠나려고 하면 딱히 흥이 나지 않았다. 그러나 잘 알고 있던 여행사에서 평범한 단체 여행과는 다른 색다른 프로그램을 마련했다며 권해왔다. 일반 여행 상품에서는 잘 다루지 않는, 인문학적으로 의미 있는 곳들만 추렸다며 편성한 프로그램에는 교토와 나라, 오사카 세 도시가 포함돼 있었다. 그렇잖아도 오사카는 다시 한 번 꼭 가봐야 한다고 작정을 했던 터였다.

갈지 말지 살짝 망설였지만 그래도 여행을 떠나오길, 아니 마음의 짐을 해결하기 위해 일본을 방문한 것은 나쁘지 않은 선택이었다. 일본 최초로 세계문화유산에 등록되었다는 호류지를 방문했을 땐 고구려 출신의 승려 담징이 그린 벽화를 보는 내내 그의 얼굴이 떠올랐다. 화재로 인해 흔적만 남은 벽화의 얼굴에서 다정다감했던 그의 얼굴을 떠올리는 것만으로도 이번 여행은 소기의 목적을 달성한 것이나 마찬가지였다. 겨우 얼굴만 남은 벽화 옆 불상 앞에서 짧으나마 그를 위해 기도를 올렸다. 나의 기도가 하늘에 닿아 그가 편안한 곳에서 평화롭게 지내기를 바랐다. 기도가 그에게 닿기를 기원하며 밖으로 나왔다. 절을 나오기 전, 그곳에서만 판매한다는 향을 사서 가방에 넣는데 가방 안쪽에 면으로 만든 손바닥만 한 크기의 작은 가방이 눈에 뜨였다. 작은 가방을, 아니 그 안에 들어 있을 물건을 물끄러미 바라봤다. 그래, 내가 온 이유는 바로 이거였지…. 그 후 여기저기 방문하는 동안 물건을 처리할 기회를 노렸지만 여의치 않았고 그렇게 첫날이 마무리 되었다. 여행사에서는 내일 일정을 안내하고 집합 시간을 신신당부했지만 내겐 별다른 감흥이 없었다. 일반적이진 않더라도 내일의 일정 또한 비슷할 것이었기에 출구를 나오며 습관처럼 작은 면 가방을 만지작거렸다.

그해 오사카성은 사람들로 붐볐다. 평일인데도 내국민과 여행객으로 혼잡했다. 그는 성에 시선을 뺏긴 나를 물끄러미 바라보더니 혼자 보고 오라고 했다. 자신은 나무 아래 벤치에 앉아 기다릴 테니 시간에 구애받지 말고 실컷 구경하라고 했다. 그를 남겨두고 성을 한 층 한 층 올라가며, 그가 같이 들어오지 않은 것을 궁금해 하면서, 꼭대기 전망대에서 그를 내려다보았다. 그는 아주 조그맣게 보였고 등을 돌리고 앉은 그의 머리 위로는 햇살이 비치고 있었다. 쉴 새 없이 움직이며 수다를 떨고 있는 사람들 속에서 마치 고정된 돌인 것처럼 움직임이 없었다. 어쩌면 새가 내려앉아도 이상하지 않을 만큼… 나는 새도 찾지 않고 움직이지도 않는 그의 뒷모습을 꽤 오래 바라보았다. 그는 한 번도 돌아보지 않았지만 어쩐지 쓸쓸한 표정을 짓고 있을 것만 같았다.

성 구경을 마치고 나오니 그는 나무 아래 서 있었다.

"왜 안 들어왔어요?"

내가 약간의 불만을 나타내며 물었다.

"으응, 난 이미 어릴 때부터 많이 가 보았어."

그가 웃음을 띠고 대답했다. 그제야 나는 그의 출생지가 일본이라는 것을, 어린 시절을 보낸 곳이 오사카란 것을 기억해 냈다. 그러고 보니 그의 어눌한 말투도 이해할 만했다. 초등학교 고학년이 되어서야 한국에 돌아왔다고 그래서 늦게 배운 한국말을 또박또박 발음하기 위해 천천히 말해야 했다고.

그가 이끄는 대로 발걸음을 옮겼다. 성에서 멀리 떨어진 구석지고 한적한 곳에 데려가서는 여기서 봐야 성을 제대로 본 거야, 하며 벚꽃이 활짝 핀 나무 아래 나를 세웠다. 화창한 봄날이었다. 봄바람이 살랑살랑 부드럽게 뺨을 스치고 스치는 바람결에 꽃잎이 흩날렸다. 하늘하늘 떨어지는 꽃잎은 눈송이 같았다. 이곳에 오니 그와 다녔던 곳 함께 나누였던 대화들이 선명하게 되살아났다. 그건 전혀 예상치 못한 일이었다. 벌써 5년이란 시간이 지났기에 기억은 희미해지기 마련인데 점점 더 명징해져만 갔다. 애써 잊으려 노력한 일이 허사가 되어 버렸다. 어쩌면 떠나기 전부터 예상한 일인지도 모른다. 의식 깊숙한 곳에서는 그런 애씀이 처음부터 쓸모없는 일이란 걸 알고 있었는지도 모르겠다.

첫 강의는 이론부터 시작한다고 그는 말했다. 카메라 기능을 설명하고는 배경 정중앙에 인물을 넣지 말아야한다, 사진은 빛이 중요하니 얼굴을 찍을 때는 빛이 얼굴에 비춰지는 각도를 잘 살펴야 한다, 좋은 사진을 찍으려면 기다릴 줄 알아야 한다고 했었다. 시간이 켜켜이 쌓인 작가의 노련함이 묻어나는 말들이었다. 하지만 강좌에서 그를 처음 보았을 땐 그가 전해줄 지식보다는 어쩐지 그의 피로해 보이는 얼굴에 먼저 마음이 갔다. 사진을 찍는다는 게 마냥 즐거운 일이라기보다는 피곤한 일이 될 수도 있다는 것을 간접적으로 느꼈던 탓일까? 나는 취미 정도로만 사진을 대해야겠다는 가벼운 마음으로 강의를 마쳤다. 물론 과제로 내 준 것들을 위해 열심히 움직이기는 했다. 집 근처의 공원을 어슬렁거리며 여기저기를 살펴보는 재미도 나름 있었다. 그러나 잠시뿐이었다. 나는 곧 싫증을 내고 말았다. 숙제로 내 준 '느낌'을 찍는다고 멀리까지 나가는 일이 힘에 부쳤다. 수업시간에 칭찬을 받기도 했지만 노트북을 다루는 것에 있어서도 어려움을 느꼈다. 기계치인 내가 욕심을 부린 것은 아닌지 후회가 들기도 했다.

그렇지만 한 번도 수업에 빠지지 않고 숙제를 열심히 한 덕분인지 그는 전시를 할 때면 잊지 않고 초대장을 보내주었다. 그의 사진을 감상하고 이어진 뒤풀이 자리에까지 따라다니고는 했으나 그것 또한 오래가지 않았다. 그는 뒤풀이 장소와 시간을 말할 때면 습관적으로 바지주머니에서 시계를 꺼냈다. 강의실에서나 일상에서나 시간을 보는 버릇은 여전했다. 수업이 끝날 즈음이면 강의실 뒤쪽 벽에 걸린 시계를 흘끔 보다가 주머니에서 시계를 꺼내곤 했는데 시계는 시선을 끌기에 충분했다. 바지주머니 고리에 집게가 걸려있었고 집게 끝에는 줄이 달려있었다. 줄에 걸려 꺼내지는 등근시계는 특별하지는 않았지만 그의 행동을 도드라져 보이게 했다. 그런 건 사실 영화에서나 보던 장면이었다. 실제로도 시계는 영화에서 자주 보던 회중시계였다. 줄을 꺼내드는 그의 얼굴은 항상 즐거운 표정이었다. 그는 그렇게 벽시계를 한 번 보고 나서는 주머니에서 또 시계를 꺼내 뚜껑을 열고 닫는 것으로 수업을 끝내고는 했다.

며칠을 기다려 유효기간이 만료된 여권을 새로 발급받았다. 떠나려는 사람들이 많다보니 시간이 오래 걸린다고 직원은 친절히 설명했다. 여행사에서 보내온 문자대로 앱을 깔아 가입하고 접종증명서를 찾아 간신히 신청을 마친 다음 좌석을 예약하고 나서야 여행을 간다는 실감이 났다. 아날로그시대 사람이 디지털시대를 살아가야 한다는 것은 쉬운 일이 아님을 다시 한 번 느꼈다. 죽을 때까지 배워야만 하는 시대를 어떻게 살아가야 하는지 한숨이 나왔다. 여권만 가지고 다니던 시절이 그립기도 했다. 삼십여 년 전, 처음 일본에 갔을 때만 해도 공항에서 입국 수속을 하며 북한 사람을 만나 당황하기도 하고 놀라기도 했던 기억이 있다. 당시에는 다들 한번쯤 그랬을 것이다. 워낙에 어렸을 때부터 반공교육을 받고 살아왔으니……. 슬그머니 웃음이 나왔다. 모처럼만에 나가는 해외여서 그랬는지 이런저런 생각들이 두서없이 떠올랐다. 나는 그런 와중에도 그가 남긴 둥근 시계를 작은 가방에 넣은 다음 짐한 귀퉁이에 밀어두었다.

"어? 선생님도 여기에 그림을 내셨어요?"

평소 친하게 지내는 화가가 단체전에 그림을 출품했다고 해서 보러간 길이었다. 우연히 그의 고교동창인 화가를 만났다. 전에도 그와 함께 몇 번 만난 적이 있는 화가였다. 동문전시회에서 보기도 했다. 오래간만에 아는 화가를 전시장에서 보니 무척 반가웠다. 더불어 그즈음 그와의 소식이 뜸한 상태였기도 했다. 어차피 그럴 수밖에 없는 것이었다. 그가 경기도 근교에서 혼자 산다고 해도 나는 혼자가 아니었다.

"사진작가 친구는 잘 계세요?"

나는 담담하게 그의 근황을 물어보았다.

“어, 소식 못 들었어요?”

“제가 좀 바빠서 본 지 꽤 됐어요. 전화나 문자를 드리지도 못했네요.”

나는 화가가 그와 나 사이를 어느 정도까지 알고 있는지 가늠해 보며 그의 안부를 물었다.

“서너 달 전에 장례식에 다녀왔는데… 모르고 있었어요?”

그가 의외라는 듯 되물었다.

“네?”

순간의 정적, 예상치 못한 눈물. 화가가 급히 사태를 수습했다.

“시간 될 때 작업실로 와요. 전해줄 물건도 있으니.”

친한 화가와 간단한 인사만을 나눈 후 전시회장을 나왔다. 그가 이 세상에 없다니. 죽음은 항상 이렇게 나의 뒤통수를 쳤다. 어린 동생이 사고로 세상을 떠났고 아버지는 심근경색으로 응급실에서 돌아가셨다. 무슨 드라마 속 설정도 아니고 내가 사랑하는 사람들은 급히 그리고 훌쩍 저세상으로 떠났다. 특히 아버지가 없는 세상은 나에게는 불행을 알리는 시작과도 같았다. 나를 단단히 받치던 배경이 없어졌음으로 인해 전에는 몰랐던 현실적 제약을 종종 경험하곤 했으니까.

내일의 일정을 마지막으로 일본 여행도 끝이 날 예정이다. 오사카성을 보고 도톤보리에서 쇼핑을 한 후 간사이공항으로 간다고 서 선생은 말했다. 우리는 가이드를 서 선생으로 부르기로 했는데 그가 동화작가라는 사실을 알았기 때문이다. 어떤 직업을 하고 있어도 작가는 인정을 받는다는 사실은 좋은 것이다. 내일 예정대로 움직인다면 시간이 그리 많이 남지 않았다. 저녁 자유 시간에 짬을 내 시내로 나갔다. 마라톤 선수가 팔을 벌려 달리는 모습은 그곳의 상징이었다. 밤풍경을 보고 싶어 하는 지은이를 따라나섰다. 여행을 하는 동안 그녀와 친하게 지냈다는 이유로 그녀의 제안을 물리치기 힘들었다. 나도 내일까지는 어떻게든 시계를 처리해야만 했다. 이제는 그에게서 놓여나고 싶은 마음이 간절했다. 보이지 않는 무거운 감정을 덜어내고 싶었다.

그날 성에서 돌아오며 그는 몇 시쯤 호텔로 가면 좋겠냐고 물었다. 속으로는 지금이라도 당장 가면 된다고 말하고 싶었지만 차마 부끄러웠다. 밤을 기대하고 있는 나와 달리 그는 깊은 생각에 잠겨 있는 듯 했다. 나는 손목시계를 보았다. 이제 겨우 두시였다. 그는 아끼는 시계를 가져오지 않았다며 종종 시간을 물었다. 언젠가 내가 그 시계가 너무 낡았다고 한 이후부터였을 것이다. 그를 다시 만나면서 나는 그 시계를 좋아하지 않게 되었다. 둥근 테는 녹슬어 거무튀튀했으며 줄 또한 너무 길게 늘어져 있는 것이 마음에 들지 않았다. 시계를 꺼내서 확인하기까지의 기다림이 한없이 길게 느껴지기도 했다.

도톤보리의 밤은 화려했다. 지은이는 '꺄아' 하며 환호성을 질렀다. 일단 사진부터 찍어야 한다며 마라톤 선수를 배경으로 여러 장의 사진을 찍었다. 그러나 나는 흥미가 없었다. 겉으로는 내색 할 수 없었지만 그와 함께 다녔던 추억이 떠올라 마음이 울적했다. 그때 그도 지금의 나처럼 마음이 가라앉았던가. 돌이켜보면 나 자신이 한없이 철이 없던 시절처럼 느껴졌다. 그의 마음이 이제야 나에게 다가오는 느낌이었다.

서울의 밤에 비하면 그리 화려하게 느껴지진 않았지만 도톤보리의 밤은 그런대로 그만의 화려함을 간직하고 있었다. 금요일 저녁이어서 그랬는지도 모른다. 우리나라의 천변을 연상시키는 강가 주위에는 작은 건물이 죽 들어서 있었다. 지진의 피해를 줄이기 위해 높은 건물은 짓지 않는다고 서 선생은 설명했다. 관람차가 들어선 것을 빼고는 전과 다를 것이 없는 거리였다. 강변 위 다리에는 사람들로 빼곡했다. 여기를 낮에는 '명동', 밤에는 '홍대'라고 부른다며 지은이는 주변을 구경하기에 여념이 없었다. 특히 사람 구경을 해야 한다며 특별한 복장을 한 미소년을 휴대폰에 담기 위해 애를 썼다. 찍히는 사람이 몰라야 한다며 숨어서 찍기도 했다. 지은이가 말한 '삐끼'들이었다. 그들은 미소년으로 보였는데 이제 겨우 스무 살 정도로 보였다. 세련된 옷차림은 그들을 눈에 띄게 했다. 검은 바지에 검은 재킷, 재킷에는 금단추가 주렁주렁 달려 있었다. 우리가 미소년을 보기 위해, 쇼핑을 하기 위해 시내를 간다고 했을 때 서 선생은 그 소년들과 시간을 보내려면 몇 백 만원의 돈이 필요할지도 모른다고 했다. 우린 감히 그런 것까지는 생삭시도 못했던 터라 무서워서 그런데 못가요, 돈도 없고요, 하며 말을 얼버무렸다.

나는 화려한 복장의 미소년들을 보면서도 다리 아래 강가로 가야한다는 생각을 떨쳐버릴 수 없었다. 물이 흐르는 강가에 시계를 버리면 좋을 것이란 생각이 내내 떠나지 않았다. 어떻게 해서든지 시계를 버려야만 했다. 한 곳에 머무르지 않는 물은 안성맞춤이었다. 아무도 몰라야 한다는 것, 그와의 인연을 이제는 끊어야한다는 강박이 나를 사로잡았다. 그러나 지은이를 혼자 남겨두고 갈 수 없었다. 그녀보다 나이가 많다는 사실은 내가 그녀를 보호해야 한다는 것을 의미했다. 같이 움직여야 했다. 그녀를 데리고 근처의 시장으로 향했다. 시간은 아홉 시를 향해 있었고 이전 장소만큼 환하지도 않았지만 시장 안은 관광객들로 붐볐다. 그나마 관광객이 많다는 사실에 안도감을 느꼈다.

"시장 끝까지 가면 지하철 타는 곳이 나와. 우리 지하철 타고 돌아갈까?"

시계를 처리하지 못한 내가 조바심을 내며 말했다. 속으로는 다시 물이 흐르는 강가로 돌아가고 싶은 마음뿐이었다.

"아니요, 이제는 본격적으로 쇼핑을 해야지요."

그녀는 점점 파장 분위기로 변하고 있는 시장을 지나 불이 환하게 켜진 쇼핑센터로 향했다.

쇼핑센터는 사람들로 북적였다. 살 것도 없는 나와 달리 지은이는 두 개의 쇼핑박스에 물건을 가득 담아왔다. 살 것이 너무 많았지만 줄여서 샀다고 신나서 내게 말했다. 계산을 치르기 위해 긴 줄에 서서 기다리며 나는 지은이를 어떻게 강가로 데리고 가나 하는 생각에 골몰했다. 강가로 돌아갈 이유가 떠오르지 않아 그저 주머니에 넣어온 시계만 만지작거릴 뿐이었다. 한숨이 나왔다. 그날이 자연스레 떠올려졌다.

그날 성을 구경하고 시내로 들어온 그와 나는 이른 저녁을 먹고 호텔로 향했다. 도착하면서 맡겼던 짐을 찾고 객실로 들어갔다. 호텔 방은 작았으나 은은한 조명이 분위기를 부드럽게 했고 침대는 깨끗했고 정갈했다. 싱글 침대 두 개 사이의 작은 협탁 위에 전화기와 탁상시계가 놓여 있는 별다른 장식 없는 흔한 방이었지만 오히려 흔해서 마음이 편안했다. 그는 아침 다섯 시에 집을 나서서 몹시 피곤하다며 먼저 욕실을 사용해도 되느냐고 물었다. 나는 고개를 끄덕였다. 그가 샤워를 하는 동안 내가 얼마나 안절부절못했는지 그는 알까. 마음을 굳게 먹었으나 행동으로 옮기기까지에는 얼마만큼의 용기가 필요한 것인지 나는 그날 처음으로 알았다. 남편도 나와 같았을까. 그가 가운을 걸치고 나오자마자 나는 재빨리 욕실로 들어갔다. 그리고 아주 천천히 샤워를 했다. 머리를 감고 몸을 씻으며 용기를 내자고 자신을 다그쳤다. 실은 남편에게 복수를 하고 싶었는지 모른다. 언젠가 기회가 된다면 나도 한 번은 그가 나에게 했던 그대로 하리라. 오랜 다짐이기도 했다. 그것은 그에게서 전화가 왔을 때부터, 여행을 계획하면서부터 시작된 것인지. 그러나….

　욕실에서 나오니 그는 자고 있었다. 숨소리가 편안하게 들렸다. 아주 곤히 자는 듯했다. 협탁을 사이에 두고 그와 나는 여행의 첫날을 아무 일도 없이 보냈다. 다행인가? 아직 이틀의 밤이 남아 있었다. 시간은 천천히 흘렀다.

　아침에 깨어났을 때 그가 보이지 않았다. 열려있는 욕실에도 그는 없었다. 잠시 후 들어온 그의 손엔 샌드위치와 커피, 우유가 들려있었다. 일찍 일어나 근처의 가게에 들러 아침 요기할 것을 사왔다며 환히 웃었다. 어제의 우려는 말끔히 가셔진 얼굴이었다. 나 또한 한편으로는 다행이라고 여겼다. 어젯밤, 아침에 일어나면 그의 얼굴을 어떻게 볼지 난감해 하면서 잠이 들었다. 모든 것은 기우였다. 샌드위치를 한 입 물고는 그에게 물었다. 꼭 알고 싶었다.

"뭐 하나 물어봐도 돼요?"

나는 조심스럽게 운을 떼었다.

"가지고 다니던 시계가 궁금해서요."

시계는 아버지에게 물려받은 것이라고 했다. 아버지가 돌아가시자 그 시계를 가지고 싶어 하는 형제가 없어서 자신이 가졌다고 그리 큰 의미는 없다고 대답했다. 아마도 아버지에게는 중요한 시계였는지 몰라도 형제들은 낡은 시계 갖기를 원치 않았다며 자신도 처음에는 가지고 다니지 않았는데 언제부터인가 시계를 볼 때마다 정이 가더라며 자신은 아버지를 그다지 좋아하지는 않았다고 했다. 아버지는 자유로운 사고방식의 그와 달리 독실한 크리스천이었다고 더불어 지독할 정도로 성실한 사람이어서 일본에서도 열심히 사업을 일으켜 고국에 돌아와서는 제법 자산가소리를 듣곤 했다는 말도 덧붙여 주었다. 한글 공부가 무척 힘들었다며 초등학교 시절 밤새워 공부한 이야기를 할 때는 소년의 미소를 지어보이기도 했다.

"한 가지 약속을 받아야겠어."

그가 웃으며 나를 바라보았다. 지나가는 가벼운 말투였다.

"우리 실수는 하지 말자. 친구처럼 지내면 안 될까. 한 번의 일탈로 인생을 망치면 안 되겠지."

나는 대답을 하지 않았다. 그러고는 딴 소리를 했다.

"커피가 많이 식었네요."

나는 말없이 종이컵만 만지작거렸다.

그리고 우리는 오사카역에서 지하철과 버스를 갈아타며 교토에 갔다. 아니, 나라에 먼저 갔었던가. 목적을 잃은 소녀처럼 그가 이끄는 대로 다닌 기억만 새롭다. 한 번의 일탈로 인생을 망치면 안 된다는 그의 말은 사실일까. 내 친구는 아무도 모르게 다른 사람을 만난다고 했는데 중년의 나이도 서서히 저물어가는 나이에 가릴 것이 무엇이란 말인가. 소리 없이 떨어지는 저 꽃잎처럼 화려한 하루가 나에게는 있었던가. 나는 그와 다니는 내내 의기소침했다. 그는 카메라에 풍경을 담기에 여념이 없었다. 나라에 있는 절에 가서 그 커다란 비로자나불상에 대고 빌었다. 오늘 밤은 나의 뜻이 이루어지라고. 불상은 크고 웅장했다. 일본 사람들은 키가 작아서 불상을 저리 크게 짓는 것이라는 제멋대로의 상상을 하며 사찰을 구경했다. 대개 일본 불상들은 정말로 컸다. 천수각의 불상도 어마어마하게 컸다. 물리적 크기가 전부는 아니겠지만 어릴 때 우리가 배운 것처럼 일본이라는 나라가 정신적인 면에서 그리 작은 나라는 아니라는 느낌을 받았다. 설로 이어지는 중산에는 에메랄드 빛으로 조성한 예쁜 길이 만들어져 있었는데 실크로드가 경주를 거쳐 일본에 영향을 미쳤다는 걸 기념하기 위해 만든 구간이었다. 그 길을 걸으며 어쩌면 일본은 우리와 같은 민족일지도 모른다는 생각도 들었다. 어차피 우리는 그들에게 도래인이 아니던가. 아마도 실크로드 길을 따라온 한민족과 피가 섞인 것은 분명한 일일 터였다. 나만의 상상의 나래를 펴며 걷는 것도 그런대로 재미가 있었다.

　서 선생이 안내하는 대로 지은이와 나는 어깨를 나란히 하고 걸었다. 임진왜란 시절 왜군들의 전리품이었던 조선인의 코와 귀를 잘라와 묻은 ‘귀무덤’에 꽃을 갖다놓고 묵념을 했고 쇼토쿠 태자가 일본 불교를 융성하게 했다는 설명을 들으며 천왕의 무덤을 구경하기도 했다. 어제와 달리 여행이 별다른 감흥을 주지 않을 거라는 믿음이 살짝 비켜간 하루였다. 평소 일본을 좋아하지는 않았어도 어떤 문화에 관해서는 어쩌면 우리보다 앞서 갔을 수도 있겠다는 걸 어렴풋이 느낀 날이기도 했다. 지은이는 공부만 하다 여행을 오니 무척 즐겁다며 모든 곳이 다 새롭고 또 행복하다고 말했다. 그러며 다음 학기가 시작되기 전에 시간이 있으니 함께 부여와 공주를 다녀오면 어떻겠느냐는 제안을 하기도 했다. 지은이는 백제시대를 알고 싶어 했다. 공주의 갑사는 내게도 항상 가고 싶은 곳이기도 했다. 어머니의 첫사랑 장소였으며 그와의 추억이 많은 곳이었다. 그와 같이 걸었던 백매화 오리길, 소박한 대웅전, 하늘을 향해 높이 솟았던 철당간도 생각이 났다. 아마도 우리는 그곳에서 처음 손을 잡았을 것이다. 나는 고개를 끄덕여주는 것으로 그녀의 제안에 대답했고 그녀는 환한 미소를 지어보였다. 그러면서도 시계에 신경을 안 쓸 수가 없었다. 공주의 갑사에서도 나무 밑에 묻지 못하고 돌아오지 않았던가. 그와 나는 정말 어떤 사이였는지 생각할수록 어렵기만 했다.

　오사카에서 돌아온 후 우리는 가끔 만났다. 그는 나를 이끌고 마트에 가서 장을 보는 것을 시작으로 여기저기를 다녔는데 그렇다고 딱히 기억에 남는 장소는 없었다. 다만 그가 요리를 하고 내가 맛있게 먹은 기억만 뚜렷했다. 그는 사진을 찍는 것 외에 요리가 취미였다. 그가 만들어 주는 일본 요리, 이태리 요리는 나에게는 참신했고 맛있었다. 하지만 같은 일을 매번 되풀이 하자 나는 또 싫증이 나기 시작했다. 마트에 가서 돈을 지불하는 것도 점점 부담스러웠다. 만날 때마다 나의 기대와는 달리 그는 항상 같은 패턴이었다. 만나서 장을 보고 점심으로 외식을 하고 그의 집에 돌아와 요리를 만들어 먹고 나의 집으로 돌아오는 것 그게 전부였다. 서울에서 두 시간을 운전해 그를 만나러 가는 것 또한 점점 힘에 부쳤다. 그리 즐겁지도 않았다. 그는 혼자 살면서 무척 검소한 생활을 했다. 내가 보기에 그는 궁핍했다. 나는 점점 그를 멀리했다. 나는 얼마나 이기적인 사람이던가. 그가 나를 무척 배려했다는 것을 이제는 안다. 그와 손만 잡은 사이였지만 어쩌면 이것이 그의 사랑은 아니었을까. 부끄러움이 나를 한없이 초라하게 했다.

"언니, 무슨 생각을 그리 골똘히 하고 있어? 지금 서 선생이 하는 얘기 너무 재밌어. 한 번 들어 봐요."

고류지 절 밖을 나오며 휴대폰을 켜면서 시은이가 말했나.

절에 들어갈 때는 휴대폰을 꺼야 하며 대화도 나누지 말라는 서 선생의 말이 떠올랐다. 나도 꺼져 있던 휴대폰을 켰다. 일본 국보 1호인 목조미륵반가사유상을 보고 나오면서였다. 우리나라의 청동미륵반가사유상과 거의 흡사한 모습을 보고는 놀라웠는데 서 선생이 절 바깥에서 물었다.

"미륵반가사유상을 보고 나왔는데 불상의 팔꿈치가 붙어있었습니까? 떨어져 있었습니까?”

일행 모두 생각에 잠겨 있었다. 아마도 다들 불상을 머릿속에 그리고 있었을 것이다.

“아까 보니 붙어있던데요.”

일행 중 누군가가 대답했다.

“아닙니다. 떨어져 있어요. 깻잎 두 장 만큼이요. 믿거나 말거나입니다.”

입담 좋은 서 선생의 말에 우린 그게 사실이든 아니든 한바탕 크게 웃었다. 서 선생은 그렇게 사람들을 웃게 하는 매력을 가지고 있었다. 잠시 흥미를 잃은 나에게도 여행의 즐거움을 선사하기도 했다. 그러나 그것도 잠깐이었다. 그곳에서는 도저히 시계를 처리할 수 없었기에 나는 점점 시계에 매달리는 꼴이 되어갔다. 여행의 목적이 무엇인지 모르는 사람이 되고 싶지는 않았다. 구경을 하면서도 머릿속으로는 오로지 시계만을 생각하는 시간이 많아졌다. 이제 정말 시간이 얼마 남지 않았다. 내일이면 서울로 떠나야 한다. 오늘 밤 도토보리에 가면 꼭 처리하리라.

떠나기 전 날 시내에 나가서도 시계를 처리하지 못한 나는 호텔 바에서 지은이와 칵테일을 마시면서도 마음속으로 시계를 떠올렸다. 불편한 마음과는 달리 칵테일 진저는 입에 착착 달라붙었다. 지은이는 술맛을 음미하며 오늘이 마지막 밤이라고, 이번 여행이 오래오래 기억에 남아 있을 거라고, 나와의 우정을 계속하길 바란다고 말했다. 발그레한 얼굴이 보기 좋았다. 그래. 내일이 남아있어. 시간이 넉넉하진 않지만 오늘은 지은이와 마음껏 속 이야기를 해야지. 그러나 그렇다고 아무런 이야기나 꺼낼 수 없었다. 지은이가 나를 어찌 생각할지 몰라 불안했다. 나보다 나이가 어리다는 것, 그건 왠지 내 고민이 쉽게 이해받지 못할 것이라 생각하게 만들었다. 칵테일의 숙취로 인해 이런 저런 고민으로 인해 편안한 잠을 자지 못한 채 다음 날을 맞이했다.

인천으로 떠나는 비행기를 기다리며 빈 의자에 앉는다. 공항 안이 사람들로 북적인다. 여행을 같이 했던 일행과 멀리 떨어져 앉아 창으로 눈을 돌린다. 보이는 것은 빈 하늘뿐이다. 떠나기를 기다리는 비행기도 보이지 않는다. 이제야 편안함을 느낀다. 며칠 전 서울에서 떠나올 때부터 함께 가는 일행들과 섞이지 않으려고 애썼다. 마음속으로는 이번에는 어떻게 해서든지 그를 떠나보내야 한다고 생각했다. 그러나 돌이켜보면 내가 떠나보낸 것은 그가 아니라, 그에게 매달려 있는 나 자신이었는지 모른다. 그래, 결국 나 자신이 살 궁리를 한 것이나 다름이 없군, 나는 마음에서 우러나오는 소리를 듣고 나서야 자신이 소극적인 인간이란 것을 인정한다.

여기 계셨군요. 어느 틈에 왔는지 여행을 함께 하면서 친해진 지은이가 말을 건넨다. 나보다 십여 년 아래인 그녀의 모습은 환하다. 그리 젊은 나이가 아닌데도 나에게 그녀는 눈부시다. 공부를 직업으로 하는 사람은 저리 환한 것일까 하고 여행 내내 부러워하고는 했다. 서울을 떠날 때 그녀는 내 옆자리에 앉았었다. 이번 여행은 공부 여행이지 않아요? 비행기가 이륙하고 기내의 안전사항을 전달하는 승무원이 제자리로 가고 난

후 그녀가 처음으로 말문을 열며 한 말이었다. 여행의 달뜸을 전하는 그녀의 하이 톤 목소리와는 다르게 나는 침울했었다. 어떻게 해서든지 이번 여행으로 그와의 인연을 끊어야 한다는 강박증까지 갖고 떠나온 여행이었다. 그렇죠? 사실 그동안 오사카를 몇 번 다녀왔지만 이런 여행은 처음이에요. 단체여행도 무척 오랜만이구요. 사실 단체로 움직여야 한다는 게 부담이 되기도 해요. 내가 코를 심하게 골거든요. 그래서 숙박은 1인실로 해 달라고 여행사에 부탁을 했어요. 얼굴을 돌려 그녀를 보며 내가 대답했다. 그래요? 저는 이번 여행에서 일본의 고대사와 메이지유신 전까지의 역사와 문화를 보고 온다고 해서 기뻤어요. 남들 가지 않는 곳을 간다는 것에 매력을 느꼈지요. 그 점에 있어서는 나도 같은 생각이었다. 유명한 성을 방문하는 일정이 스케줄 마지막 날에 잡혀 있는 것을 확인한 후 참가할 것을 결정할 정도였으니까.

마지막 날 아침 일찍 도착한 성에서 서 선생은 자유롭게 성을 구경하고 약속된 시간에 버스 주차장에 모이라고 말했다. 일행들은 뿔뿔이 헤어졌고 지은이가 앞서 걸었다. 나는 뒤처져 천천히 걷다가 그녀가 성의 입구로 들어가는 것을 확인하고는 슬그머니 성 뒤 쪽으로 걸어갔다. 뒤쪽에는 사람들이 거의 없었다. 성의 해자에 다가가서는 주머니에서 시계를 꺼내 햇살에 비췄다. 잠깐, 반짝한 시계는 아래로 떨어졌고 해자의 컴컴한 물은 시계를 덥석 집어먹었다. 그렇게 그의 시계는 금방 사라졌다. 그리고 시계가 떨어지며 만든 파장이 퍼져나갔다. 나는 한참동안 그 파장을 바라보았다. 오래오래 바라보고 싶었다.

여행을 떠나고는 싶었다. 하늘길이 활짝 열렸으니까. 그리고 그의 고향에 시계를 묻고 오는 것이 당연하다고 생각했으니까. 그의 화가 친구에게서 받은 시계는 서랍 깊숙이 잠을 자고 있었다. 시계에 밥을 주지 않아서 멈추어선 시계는 가끔 꺼내볼 적마다 밥을 달라고 외치는 것만 같았다. 그러나 밥을 줄 수는 없었다. 그가 없는 세계에서 시계에 밥을 준다고 해도 가지고 다닐 사람도 없지 않는가. 시계 임자가 없으니 시계는 없어져야 했다. 그래야 그가 이 세계에 미련을 갖지 않고 편히 갈 수 있다고 믿는 바보 같은 내가 있으니까. 영원히 나에게서 떠나가길 바랐다. 어쩌면 나도 그를 사랑했던 것은 아닐는지. 그가 자기 방식대로 나를 사랑했듯이 나도 그가 떠난 다음에야 깨달은 것은 아닐는지. 친구처럼 지내자는 그의 배려가 곧 사랑이 아니었을까. 모든 사랑은 떠난 후에야 알게 되는 걸까.

"이번 여행에서 기억에 남는 곳이 어디였어요?"

여행사 대표가 다가와 물었다. 아마도 그에게는 참으로 중요한 질문이겠다는 생각이 든다.

"글쎄, 어디였을까요."

나는 지난 시간을 떠올린다. 여러 곳을 다녔어도 어디를 콕 집어 말하기는 어렵다. 그래도 대답해야 한다면 오사카성이라고, 그렇게 말하기에는 불편하다. 아무래도 처음 들렀던 치카츠아스카 고분박물관이 아니었을까? 오사카 출신의 세계적인 건축가 안도 다다오가 설계한 건물이 아직도 인상에 남아있으니⋯⋯. 처음에 나타나는 직사각형 건물은 비석이 연상되었고 검은 계단을 지나 입구의 좁은 벽을 따라 걸어가는 건 무덤으로 들어가는 것 같았다. 그리고 곧 나타나는 커다란 모형은 압도적이었다.

"피라미드 크기의 무덤을 고대에 만들었다니 일본을 다시 보게 되는 계기가 된 것 같아요. 실은 나도 일본을 감정적으로는 좋아하지 않지만 뛰어난 문화가 있었다는 건 인정하지 않을 수 없군요. 일본을 객관적으로 보게 되었습니다. 이번 여행 프로그램은 참 좋았어요. 감사드리고요. 다시 만날 기회를 주면 기꺼이 참여할게요."

나는 그의 질문에 성실히 답한다.

다시 인천으로 가는 비행기. 비행기가 하늘로 떠오른다. 나도 떠오른다. 그와 함께 떠오르던 추억도 이제는 보낸다. 시계가 없다고 그가 영영 나에게서 떠나간 것은 아닐지라도 그를 마음에서 지운다. 일본에 다시 오게 된다면 그때는 마음 편한 여행을 하게 될까. 내 인생에 잠깐 머물다 간 사람이 있다는 것, 그것은 긴 인생길에 축복일까. 비행기 창문 덮개를 연다. 창 바깥은 구름뿐이다. 구름 속에서 그의 낡은 시계가 보인다.

소설을 쓰는 사람이 되기 전, 글을 쓰고 싶다는 생각에 무척 괴로워하던 시절이 있었다. 생활에 하루하루가 갇혀 있던 시간들이었다. 하늘을 보고 첫 문장을 수없이 꾸며보곤 했다. 무언가 속에서 꿈틀거리는 것을 문자로 나타내고 싶었다.

내 소설에는 내 삶의 한 조각이 박혀있다고 생각한다. 홀로든 여럿이든 어떤 모습으로든 그 조각은 나타난다. 그래서 가끔은 소설을 쓰면서 눈물을 흘렸다.

소박하지만 진솔하다, 자기만의 목소리를 조금 더 내면 좋겠다던 등단 심사평을 기억한다. 지금 나는 어디쯤 와 있는 것일까. 이 책을 내기까지 함께 모여 의견을 내고 머리를 맞대어 결정을 하던 과정, 그 과정들이 참으로 좋았다.

freeant0000@naver.com

'죽음과 장소'라는 숲소설 앤솔러지의 주제가 정해진 후, 이미 예정된 일본 여행을 다녀왔다. 어쩌면 그곳을 배경으로 한 소설 작품이 나올지도 모른다는 행복한 상상을 여행 내내 했다. 죽음에 대해 생각하면 우울했지만 그럭저럭 견딜 만했다.

열두 살 때, 사고로 세 살 아래 여동생을 잃은 경험은 평생의 트라우마가 되어 그 이후 내 삶에 막대한 영향을 끼쳤다. 그때부터 죽음은 나에게는 아주 친숙한 '그 무엇'이 되었다. 아직도 누군가를 사랑하다가 잃게 된다면 상처가 오래 갈 거라는 두려움이 나를 지배한다. 죽음은 항상 내 옆에 있다는 것을 믿는다. 그럼에도 불구하고 '사랑은 다시 피어나리라는 것' 또한 믿는다. 인생은 그래서 아름다운 것이다.

퓨처 스트림

조유영

퓨처 스트림

처음 이곳을 찾은 날 그는 절망에 빠진 얼굴로 개를 안고 있었다. 센터에 온 대부분 사람과 별반 다르지 않은 표정이었다. 솔직히 그날 나는 새로운 고객인 진시후 씨보다는 아무것도 모르고 있을 개에게 먼저 눈이 갔다. 주인 품 안에서 희한한 소리로 짖어대던 녀석이었다. 짖는다기보단 오리나 거위처럼 꺽꺽거리는 소리에 가까웠는데 그렇게 한참 소릴 질러대다 헛구역질을 하기도 했다. 퓨처 스트림 센터를 찾은 반려동물이 꽤 있다고 듣긴 했으나 직접 본 것은 처음이었다.

아직도 선명한 그날을 떠올리며 난 푹신한 소파에 앉아 대화가 시작되기만을 기다렸다. 심신 안정에 도움이 되는 웰컴 티가 테이블 위로 솟아오르고 얼마 지나지 않아 입꼬리를 축 늘어트린 진시후 씨가 화면에 나타났다. 나는 웃으며 그에게 인사를 건넸다.

"오랜만입니다. 안녕하시죠?"

"개뿔, 안녕은. 자네가 어쩐 일이야?"

퉁명스레 뱉는 그의 말에 피식 웃음이 흘러나왔다. 진시후 씨의 음성과 모습을 토대로 합성된 AI 답변에 잊고 있던 그의 세세한 말투가 떠올랐기 때문이었다. 오랜만에 들어도 가슴이 답답한 게 체기가 도는 목소리였다. 정교한 부분까지 신경 썼던 AI 면회실이었다. 이곳을 찾을 일은 없을 것으로 생각했는데 직접 와 보니 퓨처 스트림 센터가 왜 그리 인기가 많은지 알 것 같았다.

센터가 있는 남한산성 특구는 십여 년 전까지만 해도 식당이 즐비한 곳이었다. 서울을 지키던 깊은 산 속 옛 요새를 찾은 사람들은 보양식을 먹으며 건강과 장수를 기원하곤 했다고 한다. 서울 풍경이 내려다보이는 산성의 성벽을 어루만지며 소중한 것들을 지켜 달라 빌었을 것이다. 이제 사람들은 다른 이유로 남한산성을 찾지만, 기원하는 것은 다르지 않았다.

조력 존엄사법이 통과되고 한국엔 죽음으로 돈을 벌려는 회사들이 우후죽순 생겨났다. 남한산성이 걸쳐있는 성남, 광주 지역 의원들은 경제 발전을 이유로 발 빠르게 영생관리 특구 제정에 앞장섰고 관련 법안이 만들어지자 회사들은 남한산성으로 몰려들었다.

그중 냉동인간을 만드는 기술이 블루오션으로 자리 잡았는데 몇 안 되는 기술을 보유한 회사들은 고객을 유치하기 위해 나 같은 유명 의사를 상담사로 뒀을 만큼 과감한 투자도 서슴지 않았다.

산성을 휘감아 사계절 내내 흐르는 시원한 계곡물, 개발 제한 때문에 시간이 흘러도 변치 않을 풍경. 남한산성은 퓨처 스트림 사업에 위치적으로나 의미적으로 상당히 적합한 곳이었다.

이제는 나와 상관없는 곳이지만.

예전에도 그랬듯이 나를 빤히 바라보는 진시후 씨의 얼굴에 선 웃음기를 찾을 수 없었다. 나는 호흡을 가다듬고 천천히 입을 열었다.

"당신이 냉동되고 8년 만인가 보네요. 전할 소식이 있어서 왔어요."

진시후 씨의 모습을 한 AI는 나를 삐딱하게 바라보았다.

"뜸 들이지 말고 얼른 말해. 뭔데 그래?"

이곳에서 한 말들은 그와 나의 비밀이 될 것이었다. 면회실을 찾은 유족과의 대화는 모두 새로운 정보로 저장되지만 그것을 열어볼 수 있는 사람은 오직 냉동된 고객뿐이었으니. 오랜 시간이 흐른 뒤 혹시라도 그가 멀쩡히 깨어난다면 나를 잡아 죽일 듯 화를 낼지도 모르는 일이었지만 그때 나는 이미 죽고 없을 것이다. 두려울 것도 미안할 것도 없었다. 나는 잔뜩 주름을 품은 그의 얼굴을 바라보며 미소 지었다.

"얼마 전, 씬이 죽었어요. 그 말을 해주려고 온 거예요."

씬은 내 얼굴과 바지 주머니를 번갈아 빤히 쳐다봤다. 좀처럼 경계를 풀지 않고 짖어대던 녀석이 이젠 얌전히 앉은 채 나의 신호만 기다렸다. 그동안의 노력이 헛되지 않은 것 같아 스르르 입가가 올라갔다. 센터에 입주한 진시후 씨와 그의 개를 석 달간 상담한 결과였다.

"그렇지."

나는 주머니에서 말린 고기 간식을 몇 개 꺼내 씬에게 던져주었다. 고객의 마음을 얻으려면 필요할 것 같아 사비로 준비한 것이었다. 며칠이 지나면 이마저도 얻어먹지 못할 녀석은 듬성듬성 빠진 흰 털을 휘날리며 주인이 누워 있는 침대 위로 폴짝 올라앉았다. 하얀 이불 아래로 진시후 씨의 가슴이 들썩이고 있었다. 창밖에 시선을 둔 그는 거친 숨을 몰아쉬면서도 말린 고기를 씹어대는 씬의 등을 연신 쓰다듬었다.

창밖엔 비가 내리고 있었다. 창밖을 보기 좋게 물들이던 붉은 단풍이 힘없이 떨어졌다. 흐르는 빗물에 앙상한 가지가 드러나는 나무 너머로 흐릿한 서울 풍경이 아른거렸다.

"녀석. 오늘은 기분이 좋아 보여요."

진시후 씨는 그제야 고개를 돌려 나와 눈을 맞췄다.

"자네. 얘가 지금 몇 살인 줄 아나? 사람으로 치면 중년이 넘었어. 몇 년 더 살기야 하겠지만 늙은 개를 누가 데려다 키우겠나. 나 죽으면 갈 곳도 없어. 그래서."

"잘 생각하신 거죠. 고마워할 겁니다."

나는 그에게 마음에도 없는 말을 건네고는 책상으로 다가갔다.

그의 방은 장식장 이미지로 가득 채워져 있었다. 얇은 필름 LED가 시공된 벽은 입주자의 주문대로 세팅 가능했는데 푸른 초원이나 가족들의 응원 영상, 종교적 이미지로 채우는 다른

고객들과는 달리 진시후 씨는 진열품으로 빼곡한 자신의 장식
장 이미지를 원했다. 숨 막히게 열을 맞춘 은도금 접시들이 반
짝거려 눈이 따가웠다. 그 때문에 나는 진열장을 자세히 들여
다보지는 않았다.

자리에 앉아 상담을 위해 준비한 소리 파일을 클릭했다. 그
간의 경험으로 이번 상담이 고비가 될 수 있음을 알고 있었기
에 모든 것이 신중했다. 마음이 변하지 않도록 끝까지 고객을
책임지는 게 내가 할 일이었다. 나는 진시후 씨의 표정을 살피
며 부드럽게 말했다.

"잠시 눈을 감고 명상하는 시간을 갖겠습니다."

스피커에서 흘러나오는 물소리가 방을 채웠다. 쏴아, 대지
를 가로지르는 시원한 냇물 소리였다. 그 위로 꿀꺽이며 갈증
을 해소하는 소리가 적절히 섞였다. 잔잔한 멜로디는 첨가된
모든 소리를 끌어안으며 자연스럽게 흘렀다. 슬쩍슬쩍 들려오
는 이름 모를 새소리에 청량감이 더해졌다. 간식을 다 먹은 씐
도 이불에 고개를 나른하게 내려놓았다. 진시후 씨가 지그시
눈을 감았다. 금방이라도 고함을 질러댈 듯 가쁘게 몰아쉬던
그의 숨이 잦아들고 나서야 나는 긴장을 풀고 의자에 기댔다.

아빠! 문득 나를 부르는 딸아이의 웃음소리가 들려오는 것
같아 입꼬리가 잠시 씰룩이며 오르다 도로 내려앉았다.

"새로운 세상이 펼쳐지겠지? 젠장. 이렇게 끝나는 건 아니
잖아."

갑작스러운 진시후 씨의 목소리에 나는 자세를 바르게 고쳐
앉았다. 심장이 두근거렸다. 그의 목소리 때문인지 잠깐 떠오

른 딸아이의 웃음소리 때문인지 잘 구분이 되지 않았다. 나는 아무렇지 않은 척 그에게 대답했다.

"그럼요. 당신의 삶은 계속될 겁니다. 컨디션을 위해 조금 더 명상하시죠."

죽음 공포증을 겪는 고객들에겐 긍정적 이미지를 만드는 작업이 무엇보다 중요했다. 진시후 씨 히스토리에서 내가 발견한 키워드는 물이었다. 그의 긍정적 기억 전반엔 물이 존재하고 있었는데 시골 냇가, 한여름 막노동을 끝낸 뒤 마셨던 시원한 얼음물, 첫사랑과 사랑을 나누었던 샤워기 아래, 그의 기억은 꽤 구체적이어서 근래 작업한 배경 소리 중 가장 오랜 시간을 들여야만 했다.

물소리가 달갑지 않은 나에겐 곤욕의 시간이기도 했지만 이미지를 떠올리기 가장 좋은 매개체는 단연 음악이었기에 개인별 배경음악 제작을 소홀히 할 수는 없는 일이었다. 차별화된 나만의 고객 상담 비법이기도 했고.

어쨌든 내가 만든 소리 파일을 들으며 머릿속에 긍정적 이미지를 만드는 데 집중해야 하는 진시후 씨가 또다시 조바심이 이는지 포근한 침대에서 벌떡 일어나 앉아 나에게 삿대질을 하기 시작했다.

"이대로 끝나는 거면? 그럼 씨발, 니네는 어떻게 책임질 건데?"

나를 쏘아보는 충혈된 눈이 번뜩였다. 앙상하게 뼈만 남은 그의 손이 허공을 이리저리 젓자 놀란 씬이 몸을 움츠리고 벌벌 떨었다. 나는 자리에서 일어나 그의 곁으로 다가가면서 일부러 스피커의 볼륨을 조금 더 높였다. 흐르던 시냇물 소리가 잦아들며 똑, 똑 떨어지는 수돗물 소리로 바뀌는 지점이었다.

몇 주 전만 해도 내가 진시후 씨 곁으로 다가가면 씬이 막아섰겠지만 지금은 상담에 적응한 상태라 가만히 한 손을 찔러 넣은 내 주머니만 뚫어지라 바라볼 뿐이었다.

사람보다 개가 낫다는 그였다. 아무도 없는 집, 현관을 열면 컴컴한 어둠을 가로질러 자신을 향해 뛰쳐나오던 씬을 보며 살고 싶다는 생각을 했다고. 지금, 이 세상에 대한 불신이 가득한 진시후 씨에게 어쩌면 그 누구의 말보다 씬의 말이 필요한지 몰랐다. 나는 진시후 씨에게 다가앉으며 그가 보지 못하게 슬쩍 녀석에게 간식을 하나 건넸다.

"시후 씨, 얼마나 고생 많았습니까. 아무것도 없는 그 시골 깡촌에서 태어나 큰 회사를 이끌기까지."

슬며시 손을 잡자 그의 눈에 금세 물기가 차올랐다.

"내가… 어떻게 살았는데. 염병. 그 고생을 하고도 악착같이."

그의 뺨을 타고 흐른 눈물이 새하얀 구스 침구 위로 똑 떨어졌다. 배경 음악과 잘 어울렸다.

"다 필요 없어. 이 녀석 하나면 돼."

그는 몸을 덜덜 떨며 씬을 바라봤다. 정작 씬은 나만 바라보고 있었다. 내가 원하던 그림이었다. 나는 그의 손을 조금 더 힘주어 잡았다.

"당신은 누릴 권리가 있어요. 얼마나 아쉽습니까. 고생해서 얻은 건 결국 병이지요. 하지만 그건 아무것도 아닙니다. 금세 치료될 수 있어요. 저를 믿어요. 깨어나면 무슨 일이 있었냐는 듯 시간은 계속 흐를 겁니다."

그는 돌연 표정을 지우더니 내 손을 뿌리쳤다.

"난 그 말이 싫어."

말투에 한기가 돌았다.

"무슨…."

나는 뜬금없는 진시후 씨의 말에 눈을 동그랗게 떴다.

"흐른다는 거. 그건 다 약하고 물러빠졌어. 그러니까 흐르지."

진시후 씨의 그 한마디에 내 미간이 좁아졌다. 흐름을 위해 애써온 지난 세월이 떠올랐기 때문이었을까. 나는 무슨 궤변이냐며 흐른다는 건 숭고한 일이라고 그에게 소리칠 뻔했다. 하지만 상담자로서 그러면 안 되는 것이었고 또 다 된 일을 그르칠 수 없었기에 애써 표정을 추슬렀다.

"살아있기에 필연일지 모르지요."

내 말을 자른 그는 비쩍 마른 목을 길게 늘이며 침을 한 번 꿀꺽 삼켰다.

"개뿔. 피, 땀, 눈물! 그런 걸 흘리는 이유가 뭐야. 어? 약하니까! 돈이 없어 땀을 흘리고, 사람에게 속아 눈물을 흘려. 그렇게 물러터지게 살다 보면 피 보는 거야. 난 그러기 싫었어. 흘리기 싫었다고! 차갑다고? 미쳤다고? 병신들. 그러니까 그 꼴으로 살지. 난 강할 뿐이었어."

그는 입술을 씰룩였다. 나는 그의 포인트를 재빨리 잡아챘다.

"시후 씨 말도 일리가 있네요. 그러니까 흐르지 않길 원하시는 거잖아요. 약해진 육신은 시간의 흐름을 견디지 못하니까. 그러니 멈춰야죠. 50년만 기다리면 되는 겁니다. 손상 걱정 없이 안전한 냉동 상태로. 저희가 도와 드릴 겁니다. 씬과 함께 삶을 이어가야죠.”

내 말에 그는 불안 가득한 두 눈을 끔뻑이며 입술을 말아 물었다.

“50년 뒤에 정말 멀쩡히 깨어날 수 있을까? 확실해? 의사 양반! 제대로 말해!”

그의 얼굴이 파르르 떨렸다. 누구나 그런 순간을 맞는다. 믿지만 믿기지 않고, 붙잡았지만 떨어지고 마는⋯. 열이면 열, 백이면 백. 모든 고객이 보이는 패턴이었다. 상담에 있어서 놓치지 말아야 할 순간이 있다면 딱 지금이었다.

“정말 불안하시면 기한을 더 추가하실 수도 있어요. 기술은 계속 발전하니까요. 10년 단위로 기간 추가 가능하십니다. 하지만 적은 돈이 드는 게 아니니까⋯. 저희는 50년이면 충분하다고 봅니다. 시후 씨에게 필요한 기술은 50년 후면 완성되어 있을 겁니다.”

팽팽한 긴장감이 그와 나의 엉킨 시선 사이를 지났다.

“더는 후회 속에 살고 싶지 않아.”

난 부들부들 떠는 그의 어깨를 슬쩍 밀어 다시 침대에 눕혔다.

“그 마음. 누구보다 잘 압니다.”

후회. 죽음 앞에서 가장 많이 불리는 단어였다. 어쩌면 사람들은 죽음보다 후회를 더 마주하기 힘들어 하는지도 몰랐다. 나는 이불을 가슴팍까지 끌어올려 준 뒤 조용히 그를 다독였다.

"천천히 생각하셔도 됩니다. 며칠 남았잖아요. 시후 씨는 깨어날 그날만 생각하세요."

계산한 건 아니었지만 내 말이 끝나기가 무섭게 스피커를 타고 흐르던 배경 음악이 똑똑 물방울 떨어지는 소리에서 콸콸거리는 시원한 물줄기 소리로 바뀌었다. 멜로디에도 힘이 들어가자 불안함이 조금 가라앉았는지 그는 깊은 한숨을 내쉬었다. 나의 손길에 한참 숨을 고른 그가 창밖으로 시선을 돌리며 체념하듯 말했다.

"50년 추가해줘. 씬도 함께."

제 이름을 말하자 씬은 주인을 바라봤다.

"원하시면 그렇게 하겠습니다. 50년 추가."

내 말 한마디에 침대 위 모니터 환자 분류 코드가 프리미엄으로 바뀌었다.

"이제 눈 좀 붙이세요. 컨디션이 중요해요."

진시후 씨가 툴툴거렸다.

"그래. 씨발. 더 이상 물러설 곳도 없어. 이래도 저래도."

숭얼거리는 그의 목소리가 점점 잦아늘었다. 나는 진시후 씨가 잠든 걸 확인하고 나서야 조용히 침대에서 일어났다. 씬은 방을 나서려는 나를 애절하게 바라봤다. 며칠 후 차가운 질소 탱크로 들어갈 것을 아는지 무언가에 미련이 남은 눈빛이었다. 한동안 자리를 뜨지 못하고 물끄러미 녀석을 내려다보았다. 듬성듬성 빠진 털 때문에 추위를 느꼈는지 씬은 잠든 주인의 품을 파고들었다. 나는 음악을 틀어둔 채 조명을 낮추고는 조용히 방문을 닫았다.

주인과 개의 50년 보관 비용을 더 따냈으니 성공적인 상담이었다. 고약하지만 통 큰 결정을 할 줄 아는 그였기에 어느 정도 기대했던 결과였다. 복도를 걷는데 등 뒤로 내가 만든 배경음악이 새어 나왔다. 물과 진시후 씨의 숨, 씬의 컥컥대는 울음 섞인 파장 사이로 딸아이의 웃음이 흘렀다.

"씬이… 그게… 무슨 말이야…."

화면 속 진시후 씨는 말을 잘 잇지 못했다. 센터에 저장된 데이터엔 분명 씬이 냉동되어 있을 테니 AI 답변 가이드에 오류가 생긴 것 같았다.

나는 연잎 향이 배어나는 차를 한 입 홀짝이곤 푸른 회색빛이 감도는 찻잔을 어루만졌다.

"8년 전에 당신이 했던 말 기억해요?"

"무슨 말?"

"흐르는 게 싫다고."

"그게 왜?"

"난 흐르기만 바랄 뿐이었어요. 아이의 심장에 피가 흐를 수 있다면, 눈을 뜨고 눈물을 흘릴 수만 있다면…."

난 들고 있던 찻잔을 테이블 위에 올려놓고 얼굴을 감싸 쥐었다. 오래전 떠나보낸 딸아이의 생각에 울컥하고 눈물이 차올랐다. 손끝에 남았던 찻잔의 온기가 눈물에 식었다.

"뭐라는 거야."

정말 진시후 씨였다면 이런 약한 모습을 보이는 나에게 막

말을 해댔을 테지만 화면 속 그는 팔짱을 낀 채 나를 보며 툴툴 거릴 뿐이었다. 나는 감정을 추스르고는 손을 비벼 마른세수 했다.

"고마워요. 당신의 마지막 말이 아니었다면 난 계속 그렇게 살았을지 몰라요."

"참나, 알아듣게 말을 하라고."

나는 소파에서 일어나 면회실을 찬찬히 돌았다. 그에게 긴 이야기를 들려주어야 했다. 어디서부터 말을 해야 할까.

순간 눈이 부셨다. 그의 방을 장식했던 은도금 접시 이미지 가 면회실 한쪽 벽에서 반짝였다. 그가 자랑스러워했던 여러 상장과 감사패들 앞에 멈춰섰다. 오랜 시간이 흐르고 나서야 난 그것들을 눈에 담았다.

비쩍 마른 딸아이를 물끄러미 바라보았다. 천연덕스럽게 자 는 척을 하는 것만 같았다. 자기 머리가 모조리 밀린 줄도 모르 고. 개울에 몸을 담그며 좋아하던 딸아이의 목소리가 귓가에 선 명했다. 나는 딸의 머리를 매만졌다. 까슬까슬한 머리카락 때문 에 가슴이 아리고 따가웠다. 수십 개의 머리핀이 침대 옆 플라스 틱 박스 안에 아무렇게나 담겨 있었다. 개울에 몸을 담그며 좋아 하던 딸아이의 목소리가 귓가에 선명했다.

"머리는 기르게 놔두지."

무뚝뚝한 나의 말에 가습기에 물을 채워 들어오던 간병인이 멋쩍게 말을 더듬었다.

"오셨네요. 혼자 머리 감기는 게 보통 일이 아니라서. 이제

애가 아니니까.”

열여덟. 헤어스타일에 누구보다 민감할 나이었지만 13년째 누워만 있는 뇌사 판정받은 딸아이는 그런 걸 신경 쓸 리가 없었다.

씁쓸한 마음에 주머니에 손을 넣었다. 딸아이에게 주려고 사 온 새 머리핀이 손끝에 스쳤다. 딸이 내게 바란 건 그저 작은 머리핀이 전부였다. 그렇게 바라던 머리핀을 13년 동안 사 왔지만, 딸아이는 나의 선물을 한 번도 받아 준 적이 없었다.

“힘들면 내일부터 보조 간병인 보내겠습니다. 돈은 상관없으니 필요한 것 있으면 말을 하시란 말이에요! 앞으론 저렇게 바짝 깎아놓지 말아요.”

간병인은 시큰둥하게 나를 바라봤다. 오래전 나를 떠난 아내의 눈빛과 닮아 있었다. 가슴이 답답해져 왔다.

“오늘은 꼭 의사 선생님 만나고 가셔야 해요. 자꾸 피하지 마시고.”

“나중에요.”

점점 간격을 좁히는 간병인의 미간에 숨이 막혔다. 나는 얼른 딸아이 이마에 입을 맞추곤 도망치듯 병실을 나섰다.

담당 의사가 할 말은 뻔했다. 점점 약해지는 아이의 몸이 더 이상은 버틸 수 없을 거라고. 이제 무의미한 연명 치료는 멈추자고. 장기 기증을 기다리는 아이들을 들먹이거나 그것도 싫다면 특구 내 퓨처 스트림 센터로 옮기는 게 어떻겠냐고 내 속을 긁어댈 것이었다.

난 그 어떤 것도 할 수 없는 사람이었다. 아직 완벽한 해동

기술을 갖추지 못한 채 미래에만 의존하는 센터를 믿을 수도, 그렇다고 이대로 딸아이를 보낼 수도 없었다. 난 그저 딸의 시간이 흐르길 원할 뿐이었다. 더 좋은 약을 쓰고 더 좋은 치료들을 병행한다면 딸에게 시간은 더 주어질지 몰랐다. 그러려면 돈이 필요했고 믿을 건 센터밖에 없었다.

큰 숨을 한 번 내쉬고는 진시후 씨가 기다리고 있는 방문을 열었다. 마지막 상담이 이루어지는 방은 미닫이 벽 하나를 사이에 두고 수술실과 맞닿아 있었는데 고객의 심리적 안정을 위해 머물던 방과 똑같이 세팅되어 있었다. 다만 창문이 없다는 게 다른 점이었다.

수술방과 이어진 벽엔 창문 대신 얇은 모니터가 걸려 있었는데 아름답고 견고한 남한산성 특구의 모습이 흘러나오고 있었다. 드론으로 찍은 영상은 특구 내 수많은 센터를 비췄고 그중 규모가 제일 큰 퓨처 스트림 센터가 단연 돋보였다.

여기저기 줄을 잔뜩 매단 그는 포근한 침대 위에 누워 있었다. 그 옆 차가운 수술방에선 준비가 한창일 터였다. 씬은 여느 때와 같이 주인 곁에서 나를 바라보았다.

"씬도 바로 하나?"

나는 배경음악을 틀고 그의 곁에 앉았다.

"시후 씨에게 사망 선고가 내려지면 씬도 곧 진행합니다."

그는 창밖을 보듯 모니터를 빤히 쳐다봤다. 오랜 시간이 흐른 뒤 마주할 미래 풍경을 상상하는지 몰랐다. 스피커 속 흐르는 물소리를 가만히 듣던 그가 말했다.

"모든 게 달라져 있겠지?"

나는 그의 손을 지그시 잡아 주었다.

"그렇겠죠. 저 멀리 보이던 풍경, 손을 잡아 줄 상담자, 씬과 당신의 삶. 모두 달라져 있겠죠. 아. 항상 바라보시던 창밖 단풍나무는 그대로 있겠네요."

진시후 씨가 허무하게 웃었다.

"제일 힘없어 보이던 것만 남네."

가족이 없는 그의 마지막을 함께 할 사람은 상담을 이어온 나뿐이었다. 그는 내 손을 잡아끌더니 나지막이 속삭였다.

"다시 깨어나면 그렇게는 안 살 거야."

"후회로 남지 않도록 도와드리겠습니다."

나는 그를 향해 고개를 끄덕였다. 진시후 씨는 결심한 듯 눈을 감으며 무심한 한마디를 뱉었다.

"당신은 비겁하지만 유능한 죽음팔이야."

"네?"

순간 나는 어떤 반응도 할 수 없어 빤히 그를 바라보았다.

"자네, 내 성격 알잖나. 이것저것 알아보지도 않고 여길 찾았을까. 알고 있었어. 오랫동안 식물인간 상태인 딸이 있지? 자신도 못 미더운 죽음을 팔아 딸의 시간을 사고 있는 겐가?"

진시후 씨의 말에 온몸이 뻣뻣해졌다.

"뭔가 오해를…."

"아냐 아냐. 내 말 신경 쓰지 말게나. 대답할 필요 없어. 난 자네의 그런 점이 좋아. 어떻게든 죽음을 미루고 싶은 심정을 자네는 알 것 아닌가. 나나 자네나 뭐가 다른가. 죽은 것도 그렇다고 산 것도 아닌 채로 한 번 더 올지 모르는 기회를 기다릴 뿐이니까.”

그동안 봐왔던 대로였다. 그는 독단적이고 자기중심적인 궤변만 잔뜩 늘어놓았다. 주먹에 힘이 들어갔다.

“후. 난 준비 됐어.”

한숨을 몰아쉰 진시후 씨는 나에게 어떤 소명의 기회도 주지 않은 채 손에 쥐고 있던 버튼을 눌러 버리고 말았다. 어쩌면 처음부터 내 대답 따위는 듣고 싶은 생각이 없었을지 몰랐다. 그의 혈관과 연결된 줄을 타고 준비된 약물이 흐르자 그는 마지막으로 낑낑대는 씬을 쓰다듬었다.

“아빠가 사랑해. 곧 다시 만나자.”

제멋대로 반려견의 시간마저 멈추려는 그가 사랑이라 말하니 구역질이 일었다.

‘삐.’

그렇게 진시후 씨는 고요해졌다.

숨을 거둔 그의 얼굴을 보니 허탈함이 밀려왔다. 불끈 쥔 주먹을 내려다봤다. 고약한 노인네.

그러다 곧 다행이라는 생각이 들었다. 그의 질문에 무슨 말을 해야 할지 떠오르진 않았으니까. 그렇게 그가 더 지껄였다면 꼭 쥐었던 주먹이 제 일을 했을 테니까. 내가 자기와 같다니. 개소리.

잡생각을 지우려 머리를 흔들었다. 시간이 많지 않았다. 나는 본분을 다해 그를 진찰한 뒤 사망 선고를 내렸다. 잠시 후 한쪽 벽면이 밀리며 수술실이 드러났다. 준비하고 있던 사람들이 나타나자 씬이 컹컹거리며 짖기 시작했다. 나는 방해가 될까 얼른 씬을 들어 올렸다.

진시후 씨의 몸에 심폐소생장치가 연결됐고 수술실로 옮겨졌다. 나는 씬을 품에 안은 채 진시후 씨가 눈을 떼지 못하던 모니터를 바라봤다. 센터 영상이 흘러나오던 화면은 어느새 수술 장면을 비추고 있었다. 그의 체액을 교체하는 작업이 빠르게 진행되었다.

수술 로봇이 그의 가슴을 열었다. 정교한 기구들이 시뻘건 그의 심장을 헤집었다. 커다란 혈관을 찢고 관을 연결하자 투명 호스 속으로 수돗물을 틀어 놓은 듯 콸콸 피가 흘렀다. 뻘겋다 못해 시커멓게 보이는 그의 피는 커다란 분리기 안으로 모여들었다. 눈, 입속, 요도, 방광, 그의 몸에 난 구멍을 작은 관들이 파고들었다. 흐르던 것들이 모두 제거되고 있었다.

그가 만약 지금 깨어난다면 어떨까. 손가락을 베어도 피를 흘리지 않을 것이고 땀을 흘릴 수도 없을 것이다. 아무리 슬퍼도 흐를 눈물이 그에겐 남아 있지 않았다. 살고 싶어 죽음을 입은 지금 저 모습이 어쩌면 그가 원했던 가장 강한 모습일지 몰랐다. 굵은 관을 타고 그의 가슴으로 푸른색 액이 흘러들었다. 얼어도 결정이 생기지 않아 세포 손상을 막을 수 있는 특수한 동결 보호제였다.

시간이 지나 딱딱하게 얼어있던 진시후 씨의 혈관을 타고 뻘건 생명이 다시 흐를 수 있을까. 냉동고에서 꺼낸 그의 몸 세포 하나하나가 물러버린 과일처럼 시커멓게 터져 차가운 스텐들것 위에 흘러버릴지도 모르는 일이지만 그것까지 내가 신경 쓸 부분은 아니었다. 그의 말대로 나는 그저 죽음을 팔 뿐이었으니.

막바지 작업이 끝난 진시후 씨가 질소탱크로 들어갈 준비를 마치자 휴대폰 알림이 울렸다. 계약을 체결한 성과급이 들어와 있었다. 이제 그는 더 이상 진시후 씨가 아니었다. 자신과 반려견의 100년 보관 비용과 센터 회원권 수십억을 지불한 듀이kn-165로 관리될 것이었다.

"이리 주세요. 이제 작업하겠습니다."

방으로 들어온 수의사가 내게 말을 걸자 겁에 질린 씬이 요란하게 짖어댔다.

"그냥 제가 데려가겠습니다."

씬은 내 품 안에서 경련하듯 몸을 떨었다.

"그게 낫겠네요."

수의사를 따라 하얀 복도를 걸었다. 얼굴을 인식한 보안장치가 커다란 문을 활짝 열었다. 복도 끝 에스컬레이터가 서서히 움직이자 화려한 로비가 자태를 드러냈다. 그곳엔 AI 면회실이 마련되어 있었다. 면회실은 추모관의 개념이었지만, 아직 죽음이 명확하지 않은 고객들에게 추모라는 말을 붙일 수는 없었다. 영상 속 냉동된 가족이나 반려동물을 재현한 AI와 이야기를 나누려는 사람들로 로비가 북적였다.

"사람은 조건이 까다롭지만, 이 녀석들은 사망 선고도 필요 없으니까. 바로 안정제 주입하고 시작하면 됩니다."

친근한 척 말을 이어가는 수의사를 바라보며 나는 네, 하는 짤막한 대답만 할 뿐이었다.

센터의 중앙엔 퓨처 스트림의 상징인 끊어진 물이 흐르고 있었다. 천정에서 시작하는 폭포수가 중앙 로고에 고여 멈추었다가 그 아래로 다시 힘차게 흐르는 대형 전광판으로 이루어진 영상 조형물이었다. 화려한 자태에 잡지에도 많이 소개된 장소였지만 개인적으로는 피하고 싶던 곳이었다. 물방울이 옷에 튈 것만 같은 사실적인 영상에 어지럼이 일었다. 큰 물소리가 나를 덮칠 것 같아 시선을 멀리 돌렸다. 숨이 가빠왔다.

"저쪽이 반려동물 수술실이에요. 동물 싫어하는 고객도 있어서 구역이 나뉘어 있습니다. 그런데…. 안색이 안 좋으신데요?"

앞서 걷던 수의사가 뒤따르는 나를 보고 의아한 표정을 지었다. 난 그에게 괜찮다고 손을 들어 올리다 에스컬레이터 끝 지점에서 그만 중심을 잃고 넘어졌다. 그 바람에 품에 안고 있던 씬을 놓치고 말았다.

"괜찮으세요?"

수의사의 부축을 받은 나는 바닥에 엎드린 채 주변을 두리번거렸다.

"씬!"

이미 저만치 달아난 하얀 털 뭉치가 보였다. 씬은 내 목소리를 뒤로하고 커다란 유리문을 향해 뛰고 있었다.

수의사가 씬을 잡으려 뛰었다. 사람들이 웅성거리며 그 모습을 바라봤다. 씬은 얼마 가지 못해 문에 가로막혔다. 당황한 씬이 주위를 돌며 짖어댔다. 한숨과 함께 다행이라고 생각하는 것도 잠시 움직임을 감지한 자동 센서가 출입문을 활짝 열었고 씬은 그대로 잔디밭을 가로질러 숲속으로 사라졌다.

“어쩌죠?”

수의사가 헐떡이며 나에게 다가왔다.

“내가 가겠습니다. 길들여 놓았어요. 예민한 녀석이니 혼자 다녀오겠습니다.”

나는 하얀 가운을 휘날리며 센터 밖으로 내달렸다.

넓게 펼쳐진 잔디밭 옆으로 숲길이 이어졌다. 나는 나무 사이를 살피며 목소리를 높였다. 켁켁 거리는 소리와 함께 저 멀리 녀석이 보였다.

“씬!”

언덕 건너편으로 달리려는데 문득 발 앞에 펼쳐진 남한산성 계곡이 눈에 들어왔다. 듬성듬성 놓인 바위를 씬이 건넌 모양이었다.

“이리와!”

씬은 나무 뒤에 몸을 반쯤 숨긴 채 나를 빤히 바라봤다. 녀석의 울멍진 눈에 살고 싶은 푸른빛이 일었다. 물을 건너야 했다. 쏴아. 흐르는 물소리가 두려웠지만 이미 보관 비용을 받았기에 씬을 잡아 냉동시켜야만 했다.

정신을 가다듬고 바위에 한쪽 발을 디뎠나. 돌이 작아 균형 잡기가 힘들어 양팔을 뻗고 버둥거렸다. 적당한 돌을 눈에 담고 나머지 발을 옮겼다. 축축한 돌엔 이끼가 끼어 미끄러웠다. 며칠 전 진시후 씨가 바라보던 창밖 풍경, 센터를 적시던 굵은 비가 떠올랐다. 넘어지지 않으려 몸을 앞뒤로 움직이는 나를 씬이 신기한 듯 바라봤다. 나는 조심히 마른 돌 위로 발을 옮겼다.

그때였다. 아빠! 어디선가 딸아이의 목소리가 들려왔다. 주위를 두리번거렸다. 딸은 멈추지 않고 나를 불렀다. 자세히 들어보니 목소리는 물속에서 흘러나오고 있었다. 발아래 흐르는 물을 바라봤다. 저 아래로 축 처진 어린 딸이 보였다.

"안 돼!"

딸을 향해 손을 뻗었지만 닿지 않았다.

"기다려!"

허리를 굽히며 팔을 뻗었다. 차가운 수면이 손끝을 감아 둥근 원을 그렸다. 그 원은 점점 커지더니 날 집어삼키려 입을 벌렸다. 어지러웠다. 중심을 잃은 나는 그대로 물속으로 고꾸라졌다. 귓속으로 시끄러운 물거품들이 흘러들었고 곧이어 흐르는 물소리가 내 머릿속을 파고들었다. 모든 것이 얼얼했다.

13년 전이었다. 졸졸 흐르는 냇물 소리가 들려오는 계곡. 주차장에서 짐을 내리는 내내 다섯 살 난 딸아이는 흥분을 감추지 못하고 이리저리 뛰어댔다. 눈앞에 펼쳐진 그림 같은 펜션을 보고 신난 이유도 있었겠지만, 엄마 아빠와 함께 여행을 왔다는 것이 좀처럼 믿기지 않는 눈치였다. 좋아서 어쩔 줄 모르는 딸아이의 모습을 본 아내 얼굴에 그제야 핏기가 돌았다.

조용한 펜션이 제격이라 생각했다. 우리 셋만 있을 수 있는 곳에서 직접 고기도 굽고 물놀이도 하며 돌아온 가장의 모습을 확실히 보여주고 싶었다.

"아빠! 이제 우리집에 다시 올 거야?"

"그럼. 우리 딸. 집에 가면 뭐 갖고 싶어?"

"머리핀."

그렇게 화해를 위한 여행은 성공적인 것만 같았다.

여행 마지막 날, 테라스에 선 아내는 계곡에서 물놀이하는 나와 딸아이를 향해 손을 흔들었다. 그런 아내를 바로 보기 힘들었다. 손차양을 만들어 봤지만 쏟아지는 햇살이 눈부셔 얼굴을 찡그렸다. 주머니 속 전화가 쉬지 않고 진동하며 문자를 쏟아냈다. 아내의 눈치를 살피며 폰을 꺼냈다.

"애 안 보고 뭐 해!"

날 선 목소리에 놀란 나는 고개를 들어 아내를 봤다. 햇빛 때문에 표정이 보이지 않았다. 아이의 웃음소리가 아내와 나 사이에 어색하게 흘렀다.

"아빠!"

나는 핸드폰을 다시 욱여넣고는 딸에게 다가가 물을 끼얹으며 같이 웃었다. 테라스를 바라보니 어느새 아내는 사라지고 없었다.

바지춤에서 부르르 몸을 떠는 전화기 진동이 마치 그녀라도 된 듯 사타구니를 연신 간지럽히자 난 더 이상 참을 수가 없었다. 아내가 볼 수 없게 커다란 바위 뒤에 몸을 숨기고 통화 버튼을 눌러 헤어진 그녀에게 전화를 걸었다. 맹세코 다른 이유는 없었다. 단 몇 마디면 된다고 생각했나. 이러지 말라고, 이제 다 끝난 것 아니냐고. 난 가정이 있는 몸이라고 몇 마디만 뇌까리면 해결될 일이었단 말이다.

울며불며 매달리는 전화기 너머 그녀 목소리가 모든 것을 망쳐버렸다. 나를 놓아주지 않던 끈질긴 그 목소리에 주변의 물소리도 새소리도 주변음으로 작아져 버렸기 때문이었다.

아내의 비명이 사방으로 울려 퍼지고 나서야 난 딸아이의 웃음소리가 들리지 않는다는 것을 깨달았다. 전화기를 내던지고 계곡으로 달렸지만, 뒤집힌 튜브 아래 흐르는 물속으로 축 늘어진 딸아이를 되돌려놓을 수는 없었다.

누가 내 옷자락을 잡아끌고 있었다. 허리춤밖에 되지 않는 계곡물이었지만 몸을 일으킬 수 없었다. 옷깃을 잡아끄는 손이 작고 앙증맞았다. 나를 감아 돌며 회오리치는 물의 유속이 점점 더 빨라졌다. 그 바람에 흐르는 물 바닥에 가라앉아있던 알 수 없는 것들이 떠올라 금세 구정물로 변했다. 이대로 가만히 있다간 다시는 흐르지 못할 저 깊은 곳으로 빠져버릴 것만 같았다. 나는 어떻게든 물 밖으로 일어서려 입고 있던 가운을 벗기 시작했다. 젖은 가운이 잘 벗겨지지 않았다. 숨이 막혔다. 점점 멀어져가는 수면 위로 햇빛이 어른거려 눈이 부셨다. 물 밖으로 뭔가 보였다. 날 보는 시선이 느껴졌다. 본능적으로 손을 뻗어 허우적거렸다. 날 따라 나온 수의사일지 몰랐다. 일렁이는 빛 때문에 잘 보이지 않아 눈을 찡그렸다. 어렴풋이 얼굴이 보였다. 여기라고!

순간 나는 온몸에 힘이 빠져 아무것도 할 수 없었다. 그럴 리는 없었지만 분명 아내였다. 떠난 아내가 죽어가는 나를 빤히 내려다보고 있었다. 가슴에서 울컥 울음이 터져 나왔다.

'미안. 내가…. 다 망쳐버렸어.'

누가 뭐라든, 내 딸의 시간은 모든 것을 덮고 흘러야 했다. 내 곁에서 숨을 쉬고 나이를 먹으며. 딸아이의 혈관을 타고 뜨거운 피가 멈추지 않고 흘러야 내가 살 것만 같았다. 후회 속에 딸을 둘 수 없었다. 나는 끝까지 딸을 포기하지 않는 아빠로 남아야 했다. 딸을 죽인 아빠가 아닌. 그래서 멈출 수 없었다. 눈물이 흘렀다. 눈에서 빠져나온 뜨거운 후회가 계곡물에 섞여 흘렀다. 이대로 모든 것이 끝나는 걸까. 흐르는 물이 날 어디로 데려갈까.

가만히 물살에 모든 것을 맡기자 스르르 몸이 떠올랐다. 수면 위로 얼굴을 내민 나는 멍하니 주위를 둘러봤다. 돌에 걸린 가운이 물속에서 힘없이 하늘거렸다. 어느새 곁으로 다가온 씬이 얼빠진 나의 얼굴을 바라보고 있었다.

"흠뻑 젖은 몸으로 곧장 차를 몰고 남한산성을 내려갔어요. 난 그날로 센터를 관뒀습니다."

길어지는 내 말에 화면 속 진시후 씨가 한숨을 쉬었다.

"뭐라고 소설을 쓰는 건지."

혀를 끌끌 차는 그를 바라보았다.

"그날, 젖은 가운을 걸쳐 든 모습이 센터에 저장된 마지막 내 기록이었을 겁니다. 그들은 씬을 찾지 못했죠. 쉬쉬하며 모든 걸 덮었을 겁니다. 어쩌면 비슷한 개를 데려와 얼렸을지도 모르겠네요."

"알아듣게 말 좀 하라니까? 의사 양반."

난 한 모금 차로 목소리를 가다듬고는 이야기를 끝내려 말을 이었다.

"센터를 떠나는 차 안에서 딸의 담당 의사에게 전화를 걸었습니다. 얼마 후, 딸은 아픈 아이들을 살리고 떠났죠. 막아보려 아무리 애쓴들 흐르는 시간 속에서 우리가 뭘 할 수 있겠습니까. 결국, 후회를 마주해야 할 수밖에. 그제야 당신 말이 이해가 갔습니다. 흐르는 건 다 약하니까. 우리는 그러니까.

어쨌든 전화를 마치고는 다행이라고 생각했습니다. 나 혼자였더라면 히터를 틀 생각도 못 했을 텐데…. 훈훈한 바람에 어느새 물기는 말라 들고 있었습니다. 하얀 털이 뽀송해져 있었어요. 덕분에 나도 마르고 있었죠. 걸쳐 든 흰 가운 안에 씬이 있었다는 걸 아무도 모른 게 다행이었습니다. 그렇게 나와 씬은 시간이 멈춘 듯한 남한산성을 벗어나 세월 속으로 흘러들었습니다. 다행히 당신의 예상과는 다르게 씬은 오랫동안 건강하게 살았어요. 행복했을 겁니다. 그랬으리라 믿어요. 그 녀석 덕분에 나도 오랜만에 행복을 느낄 수 있었습니다.

진시후 씨. 혹시 당신이 깨어나게 된다면 곁에 씬은 없을 겁니다. 그러니 씬은 그냥 흘러가게 두시고 그땐 개 아닌 사람을 믿어보는 건 어때요. 누군가는 당신의 기념품들을 궁금해할지 모르잖아요. 사실은 당신도 물어 봐주길, 다가와 주길 원해서 전시해 놓았잖아요. 당신에게 기회가 다시 온다면 같은 후회를 만들며 살진 말아요.”

“뭐라고? 이런 ㅆ.”

화면 속 그는 욕설을 쏟아내려 입을 벌렸다. 하지만 AI 제어 시스템 때문에 아무 말도 하지 못하고 무표정으로 돌아가기를 반복하고 있었다.

벗어 두었던 재킷을 꺼내 입었다. 주머니에 손을 넣고는 한참 동안 화면을 바라봤다. 이러지도 저러지도 못하는 그의 모습이 안쓰럽게 느껴졌다. 다시 한번 그에게 삶이 허락되어 시원하게 욕을 뱉을 수 있을까.

창밖을 바라봤다. 남한산성 맑은 계곡물은 여전히 우리를 휘감아 흐르고 있었다. 주머니 속에 있던 머리핀을 테이블 위에 내려놓았다. 결국은 딸아이에게 전하지 못한 마음이었다. 난 삶과 죽음 그 어딘가에 있을 진시후 씨에게 인사를 건네곤 면회실을 나섰다.

낮에 상상하고 밤에 쓴다. 20년 넘게 아이들에게 미술을 가르치고 있다. 기발한 생각을 떠올릴 때 또렷하게 환해지는 아이들의 표정을 사랑하고 그것이 인류의 자산이라 믿는다.

아이들과 동화되어 엉뚱한 이야기하길 좋아하다가 글을 쓰게 되었다. 과학과 우주, 물속 세상을 좋아하며 머릿속에 떠도는 모든 상상을 글로 써보는 것이 꿈이지만 가능할지 모르겠다.

2020년 등단 후 여러 도전을 하는 중이다.

글을 발표할 수 있는 지면을 많이 얻을 수 있길 기도한다. 많은 수상 이력을 작가 소개에 쓸 수 있기도 기도한다.

2022년 스마트 소설집 「박스」를 출간했고 더 많은 작품집을 내기 위해 계속해서 밤에 쓴다.

흐름이 막힌 좁은 골목, 허무하게 쓰러진 젊은 생명들을 보며 마음이 아려울었다. 많은 사람이 땀과 피를 흘렸고 남은 이들은 오랫동안 눈물을 흘렸다. 그날 이후로 난 흐르는 것에 대해 생각했다. 딱딱하지 않은 우리는 약하디 약한 존재 같았다. 딱딱한 몸을 가졌다면 어땠을까. 생명은 왜 물렁할까. 그런 생각에 잠겨 있던 중 이번 앤솔로지 제안을 받았다. 주제는 죽음이었다.

글을 써야 했다. 아침이면 흐름과 죽음이란 화두를 안고 땀이 나도록 공원을 돌았다. 혼자 공원을 돌 때면 난 마음속으로 두 가지를 염원한다. 어제 먹은 칼로리가 자연으로 돌아가길, 나보다 오랜 시간 인간의 스토리를 봐 온 나무들이 내게 영감을 주길. 그렇게 염원했기 때문일까. 어느 날 문득 아침 운동 중 냉동인간이 떠올랐다. 언젠가 다큐를 통해 봤던 기억이 났다. 깊게 생각해 보지 않았지만 죽음을 결정할 수 있는 그런 시대가 온다면 나는 어떤 선택을 할 것인가.

그렇게 시작된 나의 상상은 점점 선명해졌다. 딱딱하게 변해 시간의 흐름을 멈추려는 사람과 어떻게 해서든 물렁한 상태로 시간을 이어가려는 사람의 만남을 생각해봤다. 그렇게 이야기를 이어가다 보니 둘은 결국 같은 모습으로 내게 다가왔다.

그래, 우린 물렁하다. 그래서 모습을 바꾸고 시간이라는 공간 속에 살아간다. 흐르는 건 시간이 아닌 우리다. 어쩌면 그것이 우리의 존재 가치 아닐까. 무한을 장식하는 유한, 죽음이라는 정해진 결말을 바라보며 우린 무엇을 해야 할까. 이런 생각들을 엮어 '퓨처 스트림'을 썼다.

이번 앤솔러지에 참여하며 다양한 사고들의 조화에 큰 매력을 느꼈다. '죽음'이라는 유명한 명제의 참여 아래 모두 다른 이야기가 만들어졌다. 우리들의 옷을 입은 죽음이 독자에게 멋스럽게 다가갈 수 있길 바라는 마음이다.

마지막으로 이번 앤솔러지 집필 과정에서 흩뿌려진 생각들을 잘 주워 담을 수 있게 도와주신 작가님들께 감사를 전한다.

군산의 감정

박 초 이

군산의 감정

　해수는 발권 대기 줄에서 더 이상 양보할 수 없을 때까지 자신의 순서를 양보했다. 이제 곧 마감 시간인데 그는 오지 않았다. 그녀는 초조했다. 자신이 행했던 그 모든 수고가 떠올랐다. 그녀는 그의 마음을 살피며 조심스럽게 여행을 제안했고, 그는 직장 상사가 제안서를 보듯 여행 계획을 훑은 후 경비를 결제해 주었다. 그녀는 자신이 연인이 아니라 부하 직원이 된 것만 같았다. 그랬음에도 감격스러웠고, 인정받았다는 느낌에 사로잡혀 괜히 우쭐거렸다. 그의 칭찬은 앞으로도 계속 그의 연인으로 남아도 된다는 허락 같았다. 동시에 그녀는 비참했다. 연인관계에서 허락이라니, 수직적 관계에서 벗어나고 싶었다. 아슬아슬하고 불안한 관계를 이제 그만 정리하고 싶었다. 여행의 마지막 날, 공항에서 헤어질 때 이별을 고하려던 참이었는데 그와는 연락이 되질 않았다.

해수는 휴대폰 화면을 내려다보았다. 헤드라인 뉴스가 지나가고 있었다. 공항으로 향하는 도로에서 십 중 추돌 교통사고가 발생했다는 기사였다. 그녀는 사고 현장을 스케치했다. 자동차들은 엎어지고 포개지고 찌그러진 채 도로 위를 나뒹굴고 있었다. 도로 끝 난간에 매달려 있는 버스와 옆으로 미끄러져 있는 화물차가 보였다. 화물차 밑에 택시 한 대가 끼어 있었다.

그 순간, 그녀는 숨을 쉴 수 없었다. 그가 데리러 와 달라고 했는데 그녀는 택시를 타고 오라고 했다. 어쩌면 저 택시 안에 그가 있었을지도 모른다. 그녀의 의심은 점점 확증으로 변해 갔다. 택시 안에 있던 사람이 그인 것만 같았다. 아니, 그가 분명했다. 그가 아니라면 아직까지 오지 않을 이유가 없었다. 전화조차 받지 않을 이유는 더더욱 없었다. 그는 그 정도로 무례한 사람이 아니었다.

그녀는 앰뷸런스에 실려 가는 사람들 사진을 확대했다. 피를 흘리며 실려 가는 모든 남자가 그인 것만 같았다. 트럭 밑으로 빨려 들어갈 때 그는 무슨 생각을 했을까. 저것이 생사를 가로지르는 사고가 되리라 예측했을까. 이럴 줄 알았으면 데리러 가는 건데. 이 모든 게 자신 때문인 것 같았다.

해수는 앰뷸런스가 갔을 법한 병원에 전화를 걸어 그의 이름을 확인했다. 어느 곳에서도 그의 이름은 없었다. 그녀는 그 사실을 믿을 수 없었다. 어쩌면 미처 병원에서 확인하지 못했을 지도 모른다. 병원으로 실려 오는 모든 사람을 확인할 수는 없을 테니. 어떻게 하면 그의 안위를 알 수 있을까. 그의 가족들은 그의 사고를 알고 있을까.

불현듯 최 대표가 떠올랐다. 그의 가장 친한 친구 최 대표. 최 대표라면 그의 가족들에게 연락해 그의 행방에 대해 물어볼 수 있을 것이다.

최 대표와 해수는 바흐낭독회 회원이었다. 바흐낭독회는 클래식을 감상하며 경제학 관련 책을 듣는 모임이었다. 성우가 읽어주는 것을 귀로 듣는 모임. 책을 읽지 않지만 책을 사서 모으는 사람들. 이상한 것은 듣기가 끝난 후 그날 들은 내용에 대해 이야기하다 보면 책에서 말한 것보다 훨씬 더 많은 것을 알게 된다는 점이었다. 그들은 책을 도구 삼아 휴식과 친교를 다졌고, 최 대표는 '바흐낭독회야 말로 미래의 흐름을 읽는 가장 적절한 방식의 모임'이라고 말했다.

그녀는 최 대표에게 전화를 걸었다.

"김 부장님과 연락이 되질 않아요. 혹시 연락할 방법이 있을까요?"

최 대표는 비통함이 담긴 목소리로 말했다.

"김 부장은 장례식장에 있어요."

해수는 일순간 주변이 조용해지는 것을 느꼈다. 그가 장례식장에 있다는 말이, 그가 죽었다는 말로 들렸다. 그 즉시 색채가 사라지고 회색빛만 도는 광물의 풍경이 눈앞에 펼쳐졌다. 춥고 떨렸다. 홀로 사막의 한 가운데 서 있는 것만 같았다. 막막함 속에서 어디로 가야 할지, 어떻게 해야 할지 아무 생각도 나질 않았다.

"주소 보내 줄게요. 좀 멀어요. 군산. 저는 퇴근하고 갈 건데,

같이 갈래요?"

최 대표의 말이 꿈결처럼 아득했다.

그녀는 오고 가는 사람들의 발을 보았다. 걸음을 보았다. 그들과 함께 나란히 서서 어딘가로 가고 싶었다. 그런데 몸이 움직이지 않았다. 이렇듯 허무하게 삶이 끝날 줄 몰랐다. 미리 알았더라면 갈등을 끝내고 새 삶을 시작할 수 있었을까. 좀 더 일찍 헤어졌더라면 그의 죽음이 덜 슬펐을까.

군산은 광물의 도시 같았다. 버려진 공장과 낡은 건물들, 녹슨 구조물들이 부두를 따라 끊임없이 나타났다 사라졌다. 사람의 도시라기보다는 기계의 도시 같았고 쇠락의 길을 걷는 버려진 도시 같았다. 시멘트를 감고 올라오는 곰팡이들만이 살아 움직이는 듯했다. 해수는 군산에 발을 들여놓는 순간, 자신이 마치 죽음 속으로 빨려 들어가는 것만 같았다. 트럭 밑으로 빨려 들어간 택시처럼 속수무책으로. 그녀는 막무가내로 다가오는 죽음을, 너무 늦게 알아채 버린 생명을 어떻게 대해야 하는지 알지 못했다.

그녀는 오 분 거리에 최가 알려주었던 징례식장이 있었음에도 차를 유턴했다. 아주 조금만, 조금만 더 그의 죽음을 유예하고 싶었다. 오는 동안 그녀는 톨게이트를 몇 번 지나쳤고, 급브레이크를 몇 번 밟아야 했다. 지나가는 차가 차창 문을 열고 '미친년'이라면서 소리를 질렀다. 뒤따라오던 차가 클랙슨을 마구 울렸다. 그녀는 삶이 이토록 허무하다면 죽음도 목표가 될 수 있다고 생각했다. 그녀는 용감해졌고, 그만큼 차의 속도를 올렸다.

해수는 그와의 첫 만남을 떠올렸다. 바흐낭독회가 끝나고 주차장으로 가는 길이었다. 그녀는 모임이 있을 때 늘 가까운 유료 주차장을 이용했다. 앞서 걷던 그가 갑자기 걸음을 멈추고 그녀에게 다가왔다.

"혹시 차 가지고 왔어요? 대리 불렀어요? 어디 살아요?"

그녀는 대리를 부를 정도로 술을 마시지 않았다. 그럼에도 그녀는 대답했다.

"대리는 부를 예정이고 강남에 살아요."

"저도 그쪽 방향인데, 저희 집까지 바래다줄 수 있어요?"

그녀는 그를 바라보았다. 회원 소개를 할 때 얼핏 보았지만 너무 작고 왜소해서 금세 눈에서 사라졌던 남자였다. 그는 술 많은 머리에 피부가 유난히 맑고 투명해 자기 관리에 철저한 사람처럼 보였다. 그가 말했다.

"아, 택시 부르는 것보다 제가 대리비 내면 서로에게 합리적이잖아요."

수줍은 듯 옅게 짓는 미소는 합리와 거리가 있는 사람처럼 느껴졌다. 전혀 해롭지 않을 것 같은 사람, 부끄러움을 아는 사람 같았다.

그가 전화를 걸어 대리를 부르고, 대리를 기다리는 동안 그녀는 이상한 예감에 사로잡혔다. 이 사람과 가까워질 것 같은 예감. 앞으로도 이 사람에게 끌려 다닐 것 같은 예감. 그녀는 그 예감을 밀어내야 한다고 생각하면서도 그를 자신의 차에 태웠다.

해수는 방조제로 차를 몰았다. 바다와 하늘을 가로지르는 끝에 해가 숨어 있었다. 그녀는 쉼터에 차를 세우고 해를 바라보았다. 원래 계획대로라면 파타오에서 일몰을 보고 있어야 했다. 그와 두 손을 꼭 잡고 해변을 걸어가야 했다. 파도가 밀려와 발을 간질일 때마다 사랑에 빠진 연인들이 그러하듯 탐욕스럽게 서로의 몸을 훑었을 지도 모른다. 어쩌면 몸을 밀착하고 낯선 장소가 주는 열정을 맘껏 발산했을지도 모른다.

그녀는 습관처럼 휴대폰을 열었다. 수십 통에 달하는 톡이 와 있었다. 십여 통은 광고였고, 십여 통은 모임 알림이었으며, 십여 통은 상우가 보낸 것이었다. 그녀는 '잘 도착했니? 하루 한 번은 꼭 연락해. 점심으로 돈가스 먹었어. 너는? 한 시간만 버티면 퇴근.'이라고 쓰인 글을 읽다가 그만 한기를 느꼈다.

그녀는 카페로 들어가 블루하와이를 주문했다. 거울을 꺼내 들고 스마일, 웃는 연습을 했다. 표정에서 생기가 조금씩 돌아왔다. 그렇지, 입꼬리를 올리고 눈에 힘을 주는 거야. 아무 일도 없었던 사람처럼. 그녀는 블루 하와이를 받아 들고 사진을 찍었다. '잘 도착했어. 블루 하와이 먹는 중.' 톡을 보내고 나자 좀 걱정이 됐다. 상우가 속아줄까. 이곳이 제주도라는 것을.

상우에게 영상전화가 왔다. 그녀는 카페 안을 두리번거렸다. 한 무리의 여자들이 수다스럽게 이야기하며 커피를 마시고 있었다. 해수는 그녀들이 잘 보이는 곳에 자리를 잡고 상우의 전화를 받았다. 상우가 말했다.

"날씨 어때?"

  군산의 감정

해수는 바다를 살짝 보여주고, 뒤에 앉아 있는 여자들을 슬
며시 보여준 뒤 대답했다.

"바다 예쁘지? 기대감을 안겨주는 색이잖아. 뭔가로 변할
것 같은."

"표정이 안 좋네. 무슨 일 있어?"

그녀는 괜찮다는 듯 웃었지만 이상하게도 하루 종일 힘들었
던 생각만 났다. 아침 일찍 일어나 얼마나 종종거렸는지, 사고
를 당할 뻔한 순간이 또 얼마나 많았는지, 상우가 말했다.

"왜 그래, 친구들과 다퉜어? 무슨 일 있어?"

그녀는 잠시 머뭇대다 영상을 껐다. 휴대폰을 귀에 바짝 대
고 말했다.

"오늘 교통사고 현장을 목격했어. 차를 타고 달리는데 반대
편에서 갑자기 오토바이가 불쑥 나타나지 뭐야. 깜짝 놀라 핸
들을 꺾었는데, 그 오토바이가 그대로 가드레일을 박고 아래
로 떨어져 내렸어. 다행히 아래는 숲이었고 오토바이 남자는
붕 떠올랐다가 나무를 박고 쓰러졌어. 꼼짝도 하지 않았지. 마
치 죽은 사람처럼. 119에 신고를 하고 그에게 다가갔어. 그가
몸을 움찔거렸어. 힘겹게 헬멧을 벗었는데 피가 아래로 뚝뚝
흐르는 거야. 그런데 그가 뭐랬는지 알아?"

"뭐랬는데?"

"배달이 늦었다고, 고객에게 전화를 해야 하는데 핸드폰을
찾을 수 없다면서 찾아 달라는 거야. 어떻게 그럴 수 있어? 당
장 병원에 가야 할 정도로 다쳤는데."

"그 사람에게는 그게 중요했나 보지."

“그러니까 어떻게 일이 더 중요할 수 있어? 몸이 도구가 되면 안 되잖아.”

해수는 상우에게 화를 내고 있었다. ‘어떻게 일이 더 중요할 수 있어? 몸이 도구가 되면 안 되잖아’ 그 말은 그녀가 그에게 했던 말이었다.

그를 만난 지 한 달쯤 되었을까. 함께 택시를 타고 유원지로 나들이를 갔다. 언덕길에서 막 커브를 도는데 앞에서 오토바이가 불쑥 나타났다. 택시 기사가 급브레이크를 밟았고, 오토바이는 하늘을 향해 날아올랐다가 곧장 수풀 사이로 처박혔다.

택시기사가 갓길에 차를 세웠다. 수풀 사이로 걸어가며 신고해 달라고 말했다. 해수가 전화를 걸려는데 그가 말렸다.

“안 돼. 괜한 일로 엮이면 피곤해. 경찰에 불려 갈 수도 있고. 곧 승진이 발표될 거야. 당분간 몸조심해야 해. 다른 택시를 부르자.”

그때였다. 오토바이 남자가 수풀 속에서 몸을 일으켰다. 헬멧은 벗겨져서 보이지 않았고, 이마에서는 피가 흘러내리고 있었다. 이제 막 고등학교를 졸업했을까, 앳된 얼굴이었다. 남자가 주위를 두리번거렸다.

“배달가야 하는데, 오토바이가 어디 있지?”

기사가 말했다.

“이봐요, 피가 나잖아요. 아무래도 병원부터.”

“저는 괜찮아요. 배달이 먼저에요.”

남자는 자신의 오토바이를 일으켜 세워 고장 난 데가 있는지 이리저리 확인했다. 곧 남자는 당황한 듯이 말했다.

“휴대폰이 없어요. 좀 찾아봐 주실 수 있어요?”

그들의 소란을 지켜보던 그가 결심했다는 듯 그들에게 다가갔다. 약간은 신경질적인 음성으로 남자에게 말했다.

“이봐요, 잘 들어요. 이건 당신 과실이에요. 커브 길에서 차선을 변경해서 튀어나왔잖아요. 보험 들었죠? 알아서 잘 해결하세요. 그리고 이걸로 병원비 하세요, 도의적인 책임에서 주는 거니까.”

그는 지갑에서 5만 원권 지폐를 몇 장 꺼내 남자에게 주었다. 그리고 택시 기사를 향해 말했다.

“그만 가시죠.”

그녀는 상우를 향해 따지듯 말했다. 마치 상우가 그이기라도 한 것처럼.

“왜 그렇게 남의 아픔을 모르는 척해. 그러면 안 되는 거잖아.”

“충격이 컸구나. 저녁 먹고 숙소에 들어가서 푹 쉬어. 내일 전화할게.”

상우가 전화를 끊었다.

그 이후로 해수는 악몽에 시달렸다. 오토바이 남자는 가끔 해수의 꿈에 나타났다. 어떤 날은 병원에서 죽어가고 있었고, 어떤 날은 사고 후유증으로 벙어리가 되어 있었으며 어떤 날은 해수에게 돈을 요구했다. 해수는 이미 끊긴 휴대폰을 향해, 마치 상우가 듣고 있기라도 한 것처럼 중얼거렸다.

“상우야. 오늘 그가 죽었어. 왜 이런 일이 생긴 건지 모르겠어. 나는 왜 선택할 기회를 가질 수 없는 거지. 너에게도 그 사람에게도 너무 미안해"

그녀는 블루 하와이를 내려다보았다. 푸른빛 얼음과 그 위를 장식한 꽃을 보자 이곳은 제주도이며, 파타오라는 생각이 들었다. 자신이 상우와 그 사이를 옮겨 다니듯, 제주도와 파타오 사이에서 군산을 이용하고 있었다. 아니, 그녀는 고개를 저었다. 이 모든 것은 상우 때문이야. 의심하지 않는 상우 때문에 내 거짓말이 점점 더 불어나 버린 거야. 상우가 너무 한결같아서 그만 나는 지겨워진 거야.

그를 만나러 가는 길은 늘 이렇듯 거짓말이 실타래처럼 꼬여 있다.

전화벨이 울렸다. 최 대표였다.

"어디에요? 도착했어요?"

"군산, 방조제 카페에요."

"지금 내려가는 중인데 두 시간이면 도착할 거예요. 거기 있어요. 같이 가요."

그녀가 머뭇거리자 최 대표가 말했다.

"알잖아요. 혼자 가면 안 된다는 것. 기다려요."

해수는 대답 대신 고개를 끄덕거렸다. 무언의 끄덕거림을 최도 알아차린 것 같았다. 안도의 숨소리가 들렸다.

그녀는 최의 추천으로 바흐낭독회 회원이 되었다. 낭독회는 특별 회원의 추천과 회원 전원의 찬성이 있어야만 가입할 수 있는 폐쇄적인 모임이었다. 그 모임에서 단 한 번의 참석으로 정회원이 된 건 그녀가 최초라고 했다.

그녀는 기업인을 소개하는 잡지의 에디터였다. 그녀는 매월 벤처기업 대표를 섭외해 인터뷰를 했고, 인터뷰어의 회사를 소개했다. 그녀는 일로 만난 대표들과 사적으로 얽히지 않기 위해 노력했다. 같이 밥을 먹지고 않았고 기업체에서 나온 사은품도 받지 않았다. 홍보사진이나 자료도 그저 참고용으로만 썼다. 그녀는 잘못된 진실을 알리는 에디터가 되고 싶지는 않았다. 그것은 에디터로서의 정체성이기도 했다. 그 규칙을 깨트린 사람이 최였다.

최는 자율주행 택시 회사 '오로라'의 설립자였다. 오로라는 자율주행에 관련된 특허기술만도 수십여 건 소유했고, 택시는 물론 버스 상용화에도 온 힘을 기울이는 중이었다.

그녀는 오로라를 여행지에서 본 적이 있었다. 택시는 금세 하늘로 날아갈 듯 날렵했고, 커다란 창문은 내부가 훤히 들여다보였다. 운전자가 없는 자동차, 투명한 자동차는 먼 미래에서 온 듯했다. 아니, 바다와 하늘을 가로질러 도로의 경계를 없애줄 것만 같았고, 확 트인 미래를 선사해줄 것만 같았다. 호기심이 일어 예약을 하려 했지만 육 개월이나 밀려 있었다. 그녀는 인터뷰 말미에 아쉬움을 슬쩍 비쳤고, 최는 그녀에게 택시이용권을 선물로 줬다. 언제 어디서나 곧바로 이용할 수 있는 vip이용권이었다.

그녀는 거절해야 했는데 거절하지 못했다. 돌려줘야 했는데 돌려주지 못했다. 그 이용권이 마치 유예된 육 개월의 시간 같았다. 그만큼 자신은 앞서 갈 것 같았고, 그만큼 자신은 안정된 미래를 보장받을 것 같았다. 언제든 이용할 수 있다는 특혜는 그녀에게 크나큰 만족감을 주었다. 생전 처음 느끼는 감정이었다.

얼마 후 최가 바흐낭독회 초대장을 보내 왔다. 그녀는 망설이다가 낭독회에 참석했다. 최 대표는 "에디터로서 기업 대표들과 친분이 두터우며, 필요한 경우 중간에서 연결을 시켜 줄 수 있기 때문에 추천"한다고 말했다. 사실 그녀는 그럴 만한 힘이 없었고, 한낱 정부에서 관리하는 잡지의 에디터일 뿐이었다.

나중에 알게 된 사실이지만 일회성 초대는 자주 있었다. 회원들은 초대 손님을 은밀하게 살폈고, 점수를 매겼다. 신입사원을 뽑는 것보다 더 신중하게 그들은 신입회원을 뽑았다. 초대 손님이 정회원이 되는 일은 극히 드물 정도였다. 언젠가 그녀는 최 대표에게 물었던 적이 있었다.

"제게 왜 초대장을 보냈어요?"

"회원들의 반응이 궁금했어요. 해수 씨의 잠재력도 궁금했고요."

그 후로 해수는 검색엔진을 돌려 벤처 대표를 찾거나, 중소기업청이나 한국정보진흥원으로 달려가 회사 대표를 소개받는 일을 더 이상 하지 않게 되었다. 매월 회의에 맞춰 인터뷰할 대상이 저절로 생겼으며 인터뷰 날짜까지 저절로 맞춰졌기 때문이다. 아마도 바흐낭독회의 누군가가 알려준 명함이거나 연락처였을 것이다. 또한 그녀는 기업체에서 보내는 홍보물이나 사은품도 더는 거절하지 않게 되었다.

불현듯 그녀는 허기를 느꼈다. 가만 생각해 보니 하루 종일 아무것도 먹지 못했다. 그녀는 차를 몰고 시내로 갔다. 바다가 보이는 주차장에 차를 주차하고 지평선을 향해 시선을 던졌다. 회색빛 구름이 지평선 끝을 물들였다. 어스름하게 다가오던 붉은 빛은 이미 사라지고 없었다. 이상하게도 그녀는 마음이 편안해졌다. 해의 죽음을 목격하지 않아도 된다는 사실이.

그녀는 무작정 걸었다. 걷다 보니 충무공전시관이었다. 전시관 앞에 있던 직원이 표를 구매한 다음 오라고 했다. 그녀는 매표소로 가 표를 달라고 했다. 안내원이 충무공 전시관 외에도 미술관과 문학관, 박물관을 함께 볼 수 있는 표를 사는 것이 어떠냐고 물었다. 한 개를 사면 오천 원이지만 묶어서 사면 만 원에 다섯 군데를 볼 수 있다고 했다. 뿐만 아니라 티켓을 가지고 시청으로 가면 지역사랑상품권 만 원짜리로 교환해 준다고 했다.

"상품권은 군산 어디서나 쓸 수 있어요. 식당이나 카페는 물론이고 노점상에서도요. 그러니까 무료로 모든 곳을 방문할 수 있는 겁니다."

안내원의 말에 그녀는 만 원을 내밀었다. 안내원이 말했다.

"이제 곧 마감이에요. 서두르셔야 할 거예요. 즐거운 여행 되시길 바랍니다."

그녀는 마감이라는 말에 홀리듯 걸음을 옮겼다. 관람객은 그녀뿐이었다. 조명은 어두웠고 내부는 음침했다. 오래전 폐쇄된 놀이공원의 게임장 안으로 들어온 듯했다. 그녀는 활쏘기 체험장과 배 만들기 체험장을 지나쳐 충무공이 참여한 해전에 대한 그림들을 훑었다. 증강현실을 이야기하는 현실에서 그림들은 마치 작은 마을을 재생하기 위해 그린 벽화처럼 분

별력이 없었다. 어디를 봐도 푸른 바다가 넘실댔고, 번득이는 칼과 부서진 배들이 나뒹굴었다. 그것들 사이, 선명한 얼굴로 새겨진 개인의 죽음은 보이지 않았다. 모든 것이 뻔뻔한 그 세계 속에서 그녀는 구토감을 느꼈다. 그 많은 사람들의 죽음이 비슷한 얼굴로 뭉뚱그려져 있다니. 그녀는 수백 년 된 그림 속에서 그의 죽음을 보았다. 어쩌면 그의 죽음도 누군가에게는 이미지일 뿐인지도 몰랐다. 참을 수 없었다. 개인의 죽음이 이미지로 소비되다니. 그녀는 몸을 휘청거렸다. 한 사람 한 사람의 죽음이, 그들의 울부짖음이 그녀의 몸을 관통했다. 서둘러 밖으로 나가려는데 목소리가 들렸다.

"다음에 아이랑 같이 오세요."

아이라는 말에 그녀는 퍼뜩 제정신이 돌아왔다. 상우가 생각났다. 그녀는 상우와 결혼식을 올린 지 삼 년이 지났지만 아직 혼인 신고를 하지 않았다. 아이가 생길 때까지 혼인 신고를 하지 않기로 서로 합의했기 때문이었다. 요즘 들어 상우는 자꾸만 아이를 갖자고 보챘다. 그녀가 "생기면 낳을 거야. 안 생기는 걸 어떡해." 난감하다는 듯 말하면 상우는 병원에 가 보자고 졸랐다. 그녀는 늘 같은 대답을 했다. "알겠어. 이번 원고만 마감하면."

그녀도, 상우도 원고 마감이 끝도 없이 이어지리라는 것을 잘 알고 있었다. 그럼에도 상우는 그녀가 원고 마감을 핑계 삼으면 더 이상 아무런 말도 하지 않았다.

사실 해수는 결혼 전부터 생리불순에 시달렸다. 병원에서는 배란장애라고 했다. 임신을 하려면 배란장애부터 치료해야 했다. 그것은 꽤 성가신 일이었다. 생리 시작 오 일 전부터 배란 촉진제를 복용해야 했고, 육 일이나 십 일이 지나야 배란이 이뤄졌다. 복용 후에도 배란이 제대로 됐는지 초음파로 확인해야 했고, 배란을 확인한 후 부부관계를 가져야 했다. 그녀는 촉진제를 복용하고 싶지도 않았고, 그 일을 상우와 의논하고 싶지도 않았다. 그녀는 아직 아이를 원하지 않았다.

하지만 시댁과 친정에서 은근히 압박을 가했고 이제 더는 미룰 수 없었다. 결혼을 지속하려면 결단이 필요했다. 파타오 여행 계획을 짠 것도 결단이 필요했기 때문이었다. 어쩌면 임신을 미룬 것은 일 때문이 아니라 그 때문인지도 몰랐다. 그와의 보이지 않는 미래가 현실의 모든 결정을 자꾸만 망설이게 했다. 그는 자신에게 무엇이었을까.

가끔 그녀는 아슬아슬한 그와의 만남이 위태로워서 확신을 필요로 했다. 아마도 미래를 책임진다는 말이 듣고 싶어서였을 것이다. 그에게 질문했던 적이 있었다.

"당신을 내 삶의 보험이라 여겨도 되는 거지?"

"회사를 퇴직하면 가능한지도. 지금 넌 내 삶의 유일한 리스크야."

"관리가 필요하겠네. 리스크라면."

"응. 너를 만날 때면 항상 택시를 타고 현금으로 결제하잖아."

순간 해수는 머릿속이 말끔해지는 것을 느꼈다. 자신이 그에게 유일한 리스크였듯이 그 역시 자신의 유일한 리스크였다. 그녀는 자신의 리스크가 사라졌음을 의식했다. 그랬음에

도 가슴이 아렸다. 어쩌면 자신은 가능성을 잃게 된 것인지도
몰랐다. 리스크가 아니라 서로에게 살아가야 할 이유가 될 가
능성. 그를 잃었다는 것은 미래에 대한 여러 가지 가능성 중 한
가지를 잃게 되었다는 것을 의미했다.

그녀는 차가운 빗방울이 떨어지는 걸 느꼈다. 하늘을 올려
다보았다. 부슬비가 얼굴을 적셨다. 그녀는 눈을 감고 부슬비
를 온몸으로 받아들였다.

문득 그녀는 집으로 돌아가려면 삼 일의 시간을 흘려보내야
된다는 사실을 깨달았다. 차라리 지금 제주로 떠날까. 제주로
떠난다면 상우에게 한 거짓말이 모두 사실로 변할 것이다. 방
문하는 곳마다 사진을 찍고, 가끔 모르는 사람들과 어울려 단
체 사진을 찍으면서 증거를 만드는 것이다. 어쩌면 지금까지
의 모든 잘못이 무로 돌아가고, 아무 일도 없었던 것처럼 이전
의 삶으로 돌아갈 수 있을 지도 모른다.

그녀의 눈에 짬뽕집이 보였다. 이끌리듯 그녀는 짬뽕집으로
들어갔다. 사람이 꽤 많네, 하고 봤더니 맛집으로 소문난 곳이
었다. 소문과 달리 짬뽕은 그녀가 먹기에 양이 많았고 별맛이
없었다. 어쩌면 그녀가 미각을 상실한 것인지도 몰랐다.

밖으로 나오니 빗줄기가 거세졌다. 그녀는 비를 맞으며 걸
어갔다. 가끔 돌풍이 몰아쳤고, 온몸을 덮쳤다. 몸이 욱신거렸
다. 아픈 만큼 마음이 조금씩 편안해졌다. 자신의 거짓말이 정
당화되는 것 같았고, 자신 안에 고여 있던 슬픔이 덜어지는 것
같았다. 그럼에도 가슴 깊은 곳에서 뭔가가 올라올 듯 올라오
지 않았다. 가끔씩 숨이 쉬어지지 않았다. 어딘가 따뜻한 곳으

로 가 쉬고 싶었다. 그런데 어디로 가야 할지 알 수 없었다. 장례식장만 아니라면 그곳이 어디든 상관없었다. 아니, 장례식장이 유일한 목적지였다. 다만 영원히 다다르고 싶지 않았을 뿐.

때맞춰 전화벨이 울렸다. 최 대표였다.

"방조제 카페인데 여기 없네. 어디야?"

그녀는 주위를 둘러보았다. 자신이 서 있는 곳이 어디인지 알 수 없었다. 최의 말이 들렸다.

"장례식장 앞에서 만나자. 들어가지 말고 기다려."

그녀는 택시를 잡았다.

그녀는 장례식장 앞에서 최 대표를 만났다. 최 대표 옆에는 정 상무도 있었다. 최 대표가 안쓰럽다는 듯 그녀를 내려다보았다.

"갈아입을 옷은 있어? 우산은?"

그녀는 자신의 몸을 내려다보았다. 해바라기가 그려진 화려한 원피스가 눈에 들어왔다. 비에 젖은 원피스는 몸에 휘감겨, 몸의 실루엣을 고스란히 드러냈다. 샌들은 모래투성이였고 발가락 사이에도 모래가 끼어 있었다. 비 내리는 해변에서 숙소로 막 돌아온 듯한 모습이었다. 최가 우산을 빌려주며 말했다.

"머리 좀 말리고 옷이랑 신발도 갈아 신고 와. 먼저 가서 기다릴게."

안으로 들어가는 그들을 보며 그녀는 혼자 멍하니 서 있었다. 캐리어에 옷이 몇 벌 있을 텐데, 검은색 옷이 있었던가. 있었던 것 같기도 했고, 아닌 것도 같았다. 아니, 잘 찾아보면 있을 것이다.

그녀는 터벅터벅 걸음을 옮기다 멈췄다. 어디로 가는 건지 알 수 없었다. 무엇을 해야 하는 지도. 한참을 서 있다가 그녀는 자신의 차를 찾아야겠다고 생각했다. 하지만 아무리 생각해봐도 어디에 주차했는지 기억나지 않았다. 아마도 충무공전시관 근처일 것이다. 그녀는 지도 앱을 켰다. 걸어서 20여 분 거리였다. 그녀는 비바람을 뚫고 나아갔다. 바람에 우산이 뒤집어졌다. 머리카락이 뒤로 넘어갔고 치마가 돌돌 말렸다. 바람이 거셀수록, 걸음이 힘겨울수록, 삶에 대항하는 것 같아서 아주 조금은 살아갈 용기가 생겼다.

해수는 장례식장 지하주차장에 차를 주차하고 안으로 들어갔다. 검은색 원피스로 갈아입은 후였다. 그녀는 전광판 부고란에서 그의 이름을 찾았다. 보이지 않았다. 아무래도 뭔가가 잘못된 것 같았다. 그녀는 최에게 전화를 걸었다.

"아무리 찾아봐도 그의 이름이 없어요."

울먹이는 그녀의 말에 최가 나가보겠다고 말했다. 최는 바흐낭독회에 그녀를 소개해 준 이후, 마치 그녀의 후견인인 양 행동했다. 그녀의 모든 일에 관심을 보였고, 그녀가 부탁하는 일은 최대한 도와주려고 애썼다. 그녀는 그의 과한 친절이 좋으면서도 한편으로 부담스러웠다.

그녀는 다시 한번 전광판을 훑었다. 갑자기 그의 이름이 또렷하게 보였다. 고인명이 아닌 상주명에 있었다. 고인은 17세, 그의 딸이었다. 언제 왔는지 최가 말했다.

"어젯밤 그의 아내가 아이를 태우고 군산으로 왔나 봐. 톨

게이트에서 교통사고를 당했대. 아내는 멀쩡하다고 하던
데……."

해수는 저도 모르게 안도의 숨을 쉬었다. 그가 살아 있다는
사실에 슬며시 웃음이 나기도 했다. 동시에 자신에게 화가 났
다. 장례식장에 있다는 최의 말을 듣는 순간 왜 멋대로 그의 죽
음을 판단하고 확정했을까. 확정하기 전에 물어봐야 했다. 왜
장례식장에 갔는지. 하지만 그 순간, 그 어떤 질문도 떠오르지
않았다. 자신은 이미 불확실한 사실을 진실로 믿어 버렸으니
까. 불현듯 그가 했던 말이 떠올랐다.

"아내가 출장을 같이 가고 싶대. 어찌나 성가시게 구는지 내
가 선유도에 있는 펜션을 예약해 줬어. 처가가 군산이잖아. 처
가 식구들과 놀다 오라고."

여행을 계획하지 않았더라면, 그냥 헤어지자고 했더라면 사
고가 일어나지 않았을까. 어쩌면 그는 지금 자신을 원망하고
있을지도 모른다. 그녀는 안으로 들어가는 것이 두려웠다. 집
으로 돌아가고 싶었다. 모든 것을 원점으로 되돌리고 싶었다.
그를 만나기 전으로.

최가 그녀의 팔을 잡아끌었다. 그녀는 최의 손에 이끌려 안
으로 들어갔다. 그가 보였다. 그는 무덤덤한 얼굴로 손님들과
인사를 했고 맞절을 했다. 너무 느리고 뻣뻣해서 관절을 이어
만든 설비 회사의 로봇 같았다. 감정이나 표정이 모두 거세된,
입력된 프로그램에 따라 움직이는 로봇. 그의 옆에는 그의 아
내가 서 있었다. 그의 아내는 손님들이 눈물을 보일 때마다 통
곡을 했다.

그녀는 최 대표 뒤에 서서 조용히 애도를 하고 자리를 떴다. 잠시 그와 눈이 마주쳤는데 그는 해수를 알아보지 못했다. 그의 눈은 여기가 아닌 다른 곳을 헤매고 있었다.

해수는 일행들과 자리를 잡고 앉았다. 그들은 말없이 식사를 했다. 최 대표가 발인할 때까지 장례식장을 지킬 것이라고 말했다. 정 상무도 휴가를 내고 왔다고 했다. 최 대표가 말했다.

"얼마나 힘들겠어. 아이를 먼저 보냈으니."

그의 딸은 특목고를 다녔다. 특목고에서도 성적이 우수해 서울대 올 패스권을 획득했다고 그는 자랑했다. 평소 과묵한 그였음에도 딸과 아내에 대한 자부심은 남달랐다. 아내는 지방대 교수였는데, 딸을 뒷바라지하기 위해 학교를 그만두었다고 했다.

해수는 그가 자신의 가족을 자랑할 때마다 끔찍한 기분에 사로잡혔다. 자신은 단지 관리해야 할 리스크일 뿐이었고, 자동차도 같이 타지 못하는 사이였다. 회사에 알려지면 풍기문란으로 승진에도 지장이 있는 관계였다. 그러니까 전혀 그에게 도움이 되지 않는 관계였다.

하지만 해수는 그가 있었으므로 결혼 생활을 지속할 수 있었다. 그를 만날 무렵 해수와 상우는 아주 작은 일에도 큰 소리로 싸웠고, 서로를 공격했다. 서로에 대한 멸시와 핀잔 때문에 말을 꺼내기 무서울 정도였다. 그를 만나면서 그녀는 상우에게 관대해졌고 너그러워졌다. 상우가 캐릭터 장난감을 사는데 돈을 퍼부어도 괜찮았고, 주말마다 방에 틀어 박혀 게임을 해도 화가 나지 않았다. "아이를 낳으면 장난감 물려줄 거야. 아이를 낳으면 게임하지 않을 거야." 라는 말도 핑계가 아닌 진심처럼 들렸다. 간섭하지 않음으로써 그녀는 자유로워졌다. 그녀가 자유로워지자 상우는 행복해했다.

정 상무가 말했다.

"인생 참, 김 부장 말이야. 상무로 승진했다고 좋아하던 게 며칠 전인데. 몇 해 전부터 계속 승진에서 미끄러졌잖아."

그녀는 그에게 서운한 감정이 앞섰다. 그 누구보다 빨리 그의 승진 소식을 듣고 싶었다. 혼자만 몰랐다고 생각하니 그의 인생에서 아주 하찮은 존재가 된 것만 같았다. 언젠가 그가 했던 말도 생각났다. "승진하면 만나기 힘들어. 일이 많아지거든. 조찬모임이나 골프 회동, 저녁모임도 많고." 어쩌면 자신이 이별을 계획했던 것처럼 그 역시 이별을 계획했던 것인지도 모른다.

정 상무가 말했다.

"군산은 멈춰 있는 것 같아."

최 대표가 대답했다.

"역사 속에서 볼거리를 찾고 사람들을 모으는 것은 한계가 있어. 이곳이 로마라면 모를까. 차라리 네덜란드의 NDSM(정유회사 셸의 대형선박을 건조하던 공간)처럼 도시재생산업을 해서 창조기업을 육성한다던가, 크레인 호텔을 만들어 이슈몰이를 한다던가, 베이징798예술거리처럼 예술거리를 조성한다던가, 그래야 하지 않을까?"

"난 예술거리나 예술촌은 반대야. 사실 우리나라에도 예술촌이 많잖아. 부산 옛 방직공장 자리도 예술문화복합단지로 바뀌었고 완주에도 삼례문화예술촌이 있잖아. 창동골목길도 있고. 지방자치제에서 너도나도 따라 하는 바람에 예술촌과 문화의 거리, 벽화마을은 차고 넘쳐. 새로운 게 필요해.” “나도 공감해. 미국의 채터누가처럼 친환경 도시를 만든다던가, 아랍에미리트의 마스다르처럼 탄소나 쓰레기, 자동차가 없는 도시를 만들어야 해.” “내 말이. 살고 싶은 감정을 느끼도록 도시를 만들어야 해. 과거가 아닌 미래를 바라볼 수 있도록. 그런 의미에서 우리 회사의 자율주행 택시와 버스를 군산에 납품할까. 전기와 자율주행으로 움직이는 친환경 도시로 만드는 거지. 아마 전 세계에서 사람들이 몰려들걸. 덩달아 군산의 역사도 주목받게 될 거야. 아예 제안서를 만들어 시에 제출할까 봐.”

“역시 남달라. 나중에 퇴직하면 자리 하나만 줘라.”

그들이 마주보며 웃었다.

갑자기 최 대표의 표정이 굳어졌다. 최 대표의 시선이 향하는 곳에 그가 있었다. 그가 비척비척 이쪽으로 걸어오는 중이었다. 그는 쓰러지듯 벽에 등을 기대고 앉았다. 최 대표가 물끄러미 그를 바라보았다.

“뭐 좀 먹었어?”

그는 곧 잠에 빠질 사람처럼 눈꺼풀을 힘겹게 들어 올렸다. 입술은 부르터서 피가 새어 나왔고, 눈 밑은 푸르스름했다. 그는 오직 해수만을 빤히 쳐다보았다. 뭔가 기억해 내려는 사람처럼.

　　　　　　　　　　　　　　　　　　　

해수는 그와 슬픔을 나누고 싶었다. 그를 위해서 뭐라도 하고 싶었다. 그녀는 괜찮을 거라고, 기다리겠다고 눈으로 말했다. 그의 표정이 미세하게 변했다. 최 대표가 말했다.

"뭐 좀 사다 줄까? 아니면 좀 쉬다 올래?"

"됐어."

정 상무가 술을 따랐다. 그는 말없이 술을 마셨다. 해수는 전을 집어 조용히 그의 앞에 놓았다. 최가 속삭였다.

"여행가기로 했다면서."

해수는 최를 올려다보았다. 정 상무가 말했다.

"괜찮아요? 해수 씨. 최의 아내가 이곳을 보고 있는데….

정 상무가 슬며시 웃었다. 그의 웃음은 음험했다. 이미 모든 것을 알고 있는 자의 웃음이었다. 해수는 결코 보일 수 없는, 몸 깊숙이 숨겨 놓았던 상처가 드러난 것 같았다. 언제부터 저들은 알고 있었던 걸까. 머릿속이 복잡했다. 정 상무가 말했다.

"해수 씨에게 여러모로 고마워. 이번에 우리 회사에서 꽤 큰 정부지원금 따냈어. 해수씨 덕분이야. 잡지에 워낙 좋게 소개해 줬잖아."

해수는 정 상무를 바라보았다. 그가 뭐라고 이야기하려다 말을 멈췄다. 그의 눈빛이 향하는 곳에 최가 있었다. 그녀는 최에게로 시선을 돌렸다. 최는 고개를 숙인 채 그저 술을 들이켜고 있었다.

그녀는 부끄러웠다. 어디서부터 잘못된 것일까. 저들은 자신을 회원으로 생각하고 있지 않음이 분명했다. 가만 생각해 보니 저들은 그 어떤 정보나 소식도 자신과 공유하지 않았다.

자신은 그저 도구로 사용당한 것인지도 몰랐다. 저들이 던져 주는 먹이를 먹으면서, 저들을 홍보하기 위한 나팔수로서. 저들과 어울리기 시작하면서 그녀는 에디터로서의 정체성도 잃어가고 있었다. 이제 더는 저들의 생각을 내 생각인양 떠드는 일 따위는 하지 말자. 그녀는 자리에서 일어섰다.

상우에게로 돌아가자. 더 늦기 전에. 상우가 "왜 벌써 돌아왔어?" 질문하면 "보고 싶어서." 대답해야지. 상우가 의심하면 "오토바이 사고를 보고 났더니 더 이상 그곳에 있기 싫었어." 대답해야지. 그리고 상우의 손을 잡고 병원에 가 진찰을 받고, 배란일에 맞추어 부부관계를 맺고, 아이가 생기면 파티를 할 것이다. 의사가 말했다. "해수님의 난포는 배란 직전까지 성장하다가 터지지 않고 그대로 남아 있어요. 임신을 하려면 이 개월 정도 관찰이 필요합니다." 이 개월이 아니라 적어도 일 년은 노력해 볼 수 있을 것이다.

그녀는 밖으로 나갔다. 주변은 온통 안개로 뒤덮여 있었다. 길이 보이지 않았다. 형체를 알 수 있는 것은 희미하게 눈에 들어오는 h호텔의 불빛뿐이었다. 그녀는 암담했다. 어느 방향으로 가야 할지 알 수 없었다. 방향은 물론 삶의 목적까지 잃어버린 것 같았다.

누군가 그녀의 팔을 잡았다. 돌아보니 그였다. 그는 안개 속에 그림자처럼 서 있었다. 그녀는 멈칫거리다 그에게 다가갔다. 그의 얼굴을 매만졌다. 그가 그녀를 끌어당겼다. 그녀는 누가 볼까 두려워 주위를 두리번거렸다. 아무것도 보이지 않았다. 희뿌연 안개만이 자신과 그를 감쌀 뿐이었다. 세상의 시선으로부터 보호해주듯. 그가 말했다.

"아내 잘못이 아닌데 아내 때문인 것 같아. 아내가 너무 미워서 가슴 속에서 뜨거운 것이 올라와. 이대로 있다가 무슨 일을 저지를 것만 같아. 나 좀 살려줘. 아이를 생각하면 죽고 싶어. 죽을 수 있을 것 같아. 그런데 너를 보니 살고 싶어졌어."

그녀는 그의 등을 쓰다듬었다. 말들이 쏟아져 나왔다.

"h호텔에서 기다릴게. 오고 싶으면 언제든지 와. 삼 일 내내 그곳에 있을 거야."

그녀는 막무가내의 안개 속에서 어떤 예감에 사로잡혔다. 앞으로 모든 것이 바뀌게 될 것 같은 예감. 그것이 어떤 형태가 될지 알 수 없었다. 중간에 성장이 멈춰 버린 난포처럼 어쩌면 자신의 삶도 성장이 멈춰버릴지도 몰랐다. 그렇더라도 지금은 그를 혼자 두고 싶지 않았다.

요즘 도서관에서 '돈키호테 읽기'를 강연중이다. 돈키호테를 이해하기 위해, 그를 향해 전력질주 중이다. 숨이 턱까지 차오르는데 라만차의 돈키호테는 자신이 믿고 있는 자아를 향해 돌진한다. 진실한 자아란 무엇일까? 믿고 싶은 나, 보이고 싶은 나, 되고 싶은 나가 아닌 진정한 나를 찾는 과정이지 않을까. 행동해야만 보이는 진실 된 모습. 어쩌면 '보이고 싶은 나'가 진정한 자신의 모습일 지도 모르겠다. 여전히 나는 내가 어렵고, 내가 쓰는 글이 과연 독자들에게 어떻게 다가갈지 궁금하다. 공작부부 같은 독자를 만나면 좋을 텐데, 그런 일은 일어나지 않을 것 같다. 그저 상상을 하며 혼자 기다릴 뿐.

학교를 다니면서부터 나는 잘하는 것이 글쓰기 밖에 없었다. 교내는 물론 도 대회에서도 곧잘 입상을 했다. 해서 되고 싶은 것도 작가밖에 없었다. 카프카와 도스토예프스키를 흠모했지만 그들처럼 될 수 없었고, 세르반테스의 기법을 훔치고 싶었지만 훔칠 수 없었다. 그러므로 나는 나인 채로, 내가 쓸 수 있는 글을 쓸 뿐이다. 글을 쓸 때만이 내가 되고 싶은 나에 한발 다가갈 수 있으니까.

-박초이 작가는 〈군산의 감정〉을 쓰는 내내 도서관에서 '돈키호테 읽기'를 강연했습니다.

하루종일 보슬비가 오락가락하는 여름 끝자락, 군산에 다녀왔다. 바람이 불 때마다 빗줄기가 온몸을 때렸다. 아마도 그 때문이었을 것이다. 사람 없는 항구가 더없이 처량해 보였다. 관광지를 알리는 푯말은 마치 아무도 찾지 않는 폐쇄된 놀이공원 같았다. 적산가옥과 군산은행지점, 옛 철길을 걸으며 잠시 감상에 빠졌지만 어딘지 군산은 멈춰 있는 듯했다. 내게 그것은 '도시의 죽음'처럼 여겨졌다. 아니, 어쩌면 '집단의 죽음'을 보고 왔기 때문일지도 몰랐다. 충무공 해전 그림을 보면서 바다에 떠밀려 갔거나 바다 속 어딘가를 헤매고 있을 지도 모를 죽음을 상상했다.

집단의 죽음은 그 죽음이 찰나여서 가슴 아프고, 애도하는 사람들의 슬픔이 한없이 커져 사회 전체를 병들게 해서 안타깝다. 그들의 이름을 한 사람, 한 사람 불러주고 싶었지만 이름조차 알 수 없었다. 그들은 그 시대를 살았고, 해전에서 죽었고, 그뿐이었다. 이름조차 알 수 없는 죽음이 우리 역사에는 너무 많았다.

살다보면 때로 듣고 싶은 대로 듣고, 멋대로 상상하는 경우가 많다. 그것이 사랑하는 이의 죽음이라면 어떨까. 사랑하는 이의 죽음을 확신하고 멋대로 상상하는 사람의 감정에 대해 쓰고 싶었다. 또한 그 사실이 망상이었다는 것을 깨닫게 됐을 때 느끼는 반응에 대해서도. 누군가의 죽음이 누구보다 먼저 일수는 없지만 죽음의 상황에서 다른 사람은 죽고 내 사랑만 살아났을 때 느끼는 안도감에 대해서도, 그것으로 인해 한동안 벗겨지는 마음의 안전장치가 얼마나 위험한지에 대해서도.

태후사랑

이찬옥

태후사랑

2층 미용실 창문에서 가위 모양 전구가 반짝거리고 있었다. 나는 정류장에서 버스를 기다리며 미용실을 올려다봤다. 그녀가 돌아왔구나. 내일 오전에 전화를 걸어 염색 예약을 해야겠다고 생각했다. 오랜만에 그녀의 목소리도 듣고 싶었다. 지난해 9월, 염색을 한 게 마지막이었다. 한 번 더 예약을 잡았지만 그날 미용실에 갔을 때는 문이 잠겨 있었다. 전화를 했지만 받지 않았다.

9월의 그날은 여름이 떠나기 싫어 다시 한 번 돌아온 듯 날이 더웠다. 미용실엔 오전 예약자 3명이 있었다. 2명은 파마를 하고 마무리로 샴푸를 대기하고 있었고 한 명은 염색을 하고 있었다. 나는 핸드폰을 뒤적거리다가 잘 들리지 않는 벽걸이 티브이 화면을 바라보며 시간을 죽였다. 샴푸를 기다리던 한 여자는 믹스커피를 타서 마셨다. 그녀는 여느 때처럼 재빠르게 왔다 갔다 하며 머리손질을 했다. 파마를 마친 한 명이 나가고 나를 포함해 샴푸를 기다리는 세 명이 남았다. 그녀는 그중 한 명을 불러 샴푸를 하기 시작했다. 나는 그다음 차례였다.

아, 그녀의 새된 비명이 들렸다. 물이 안 나와. 잡지를 뒤적거리고 있던 여자와 나는 샴푸대 쪽으로 고개를 돌렸다. 그녀의 손에 머리를 맡기고 누워있던 여자가 말했다. 수건과 비닐 캡을 씌워주면 나는 집에 가서 할게요. 그 여자의 목소리를 들으면서 속으로 나는 어떻게 해야 하나 분주하게 머리를 굴렸다. 부드러운 목소리로 그녀를 위로하는 여자를 보고 나는 그녀를 원망할 수 없었다. 샴푸가 중단되고도 그런 태도를 취하는 여자가 참으로 관대한다는 생각을 했다. 나처럼 염색 손님이던 다른 여자는 갑자기 이게 무슨 경우냐며 화를 냈다. 그녀는 구청에 전화를 걸었다. 단전 예고가 있었다고 했다. 그녀는 미리 자기한테 예고를 안 해 줬다고 구시렁거렸다. 예고를 했어도 그녀는 못 들었을 것이다. 요즘 그녀의 난청은 최악이었다. 나는 그녀에게 하고 싶은 말이 있어도 그녀가 듣지 못한다고 생각돼 자주 말을 삼켰다. 그녀는 그녀의 말을 했고 나는 내 말을 했다. 그렇다고 대화가 안 되는 건 아니었다.

샴푸를 하던 여자가 수건으로 머리를 감싸고 나갔다. 또 한 여자는 자동차로 자기를 데리러 오라고 딸에게 전화를 했다. 그녀는 내가 사는 아파트 관리실에 전화를 걸어 물이 나오는지 물었다. 단수가 되었어도 아파트 물탱크에 물이 있어 한두 시간 안 나오는 경우는 문제될 것이 없었다. 나는 비닐 캡을 쓰고 미용실 문을 나섰다. 정오 햇볕은 뜨거웠다. 횡단보도 앞에 서 있는데 여러 명이 모였다. 나를 향한 따가운 눈총이 느껴졌다. 가끔 미용실에서 파마를 하고 부푼 머리에 수건을 두르고 집으로 가는 여자들을 보면 우스꽝스럽다고 생각했다. 이번엔 내 경우가 되었다. 횡단보도를 건너 카센터를 지나고 모퉁이 카페를 지나 부리나케 집으로 왔다. 그녀를 원망하진 않았다. 다만 뭔가 불길한 예감이 들었다. 그게 그녀를 본 마지막이었다.

흰머리는 얼마큼의 시간이 지나면 새싹이 돋아나듯 다시 올라왔다. 아버지 쪽 유전이라고 했다. 흰머리가 눈에 띌 만큼이 되면 염색을 해줘야 했다. 누구는 그냥 흰머리로 놔두는 것도 멋스럽다고 했으나 나는 어떻게든지 흰머리로 인해 나이가 들어 보이는 것을 감추려 했다. 그러다보니 누구보다도 미용실에 자주 갔다. Y시로 이사 왔을 때 아파트 건너편에 염색 전문 미용실이 있어 얼마나 반가웠는지 모른다. 하천변 3층 건물의 2층이라 전망이 좋았다. 아파트 건너편이니 가깝기도 했다. 단골로 삼아야겠다고 생각했다. 이름도 '태후사랑' 이라니. 내가 태후처럼 귀하게 대접 받는 기분이 들었다.

머리카락을 젖히면 흰머리가 보이는 것에 짜증이 나던 날 무작정 미용실에 갔다. 서너 명의 여자들이 있었고 그녀는 재빠르게 손을 놀리고 있었다. 내가 염색하러 왔다고 했더니 그날은 예약이 꽉 차서 할 수 없다고 했다. 내가 기다려서라도 한다고 했더니 마지못해 그러라고 했다.

이사 온 지 얼마 안 된 이 동네의 미용실은 낯설었다. 예약을 해서 온 여자들은 마치 미용실이 제집인 양 커피도 타서 마시고 원장에게 농도 하면서 수다를 떨었다. 머리를 하지 않으면서도 수다를 떨고 싶어 온 사람도 있는 것 같았다. 계단참에 널어놓은 수건을 걷어다 개기도 하고 커트를 해서 머리카락이 바닥에 수북이 쌓이면 얼른 쓸어 담았다. 자기 차례를 기다리는 여자가 심심했던지 샴푸대 옆 공간에서 왈츠 스텝을 밟았다. "하나 둘 셋 넷 다섯 여섯……" 여자는 시계 방향으로 돌며 같은 동작을 반복했다. 그 안에 있던 여자들이 뒤로 넘어갈 듯이 웃었다. 내가 좋아하는 사람과 같이 추고 싶어서 남자 동작까지 배워서 연습했다고요. 여자는 억울한 듯이 같은 말을 하면서 스텝을 밟았다. 그녀가 한마디 던졌다. 아휴, 네가 정말 힘들었겠다. 나는 어색하게 웃음을 지었다. 내가 올 곳이 아닌가 보다 하며 소외감을 느꼈다.

한 시간여를 기다려 내 차례가 되었다. 염색약을 빠르게 터치하는 그녀의 손길이 느껴졌다. 거울 속 그녀는 미인이었다. 모델처럼 날씬한 몸매에 블론드 머리를 한 그녀는 나이를 가늠하기 힘들었다. 몸에 꼭 맞는 판탈롱 바지가 잘 어울렸다. 그녀의 손은 재빨랐다. 영화 속 가위손이 나무를 전지하는 것이 떠올랐다. 한편 과감한 그녀의 손길 때문에 염색약이 튀어 피부에 묻을까 염려되었다. 그녀는 잠깐 염색을 멈추고 나에게 말했다. 왈츠 배우고 싶지 않으세요? 룸바, 자이브 등 자신이 춤을 오래 췄는데 왈츠가 그 모든 것의 완성이라고 했다. 나는 대학시절 교양 체육 시간에 왈츠를 배우다 스텝이 엉켰던 생각이 나 피식 웃었다. 아니, 염색을 하다가 처음 온 손님에게 그런 제의를 한 그녀의 엉뚱함에 묘한 느낌이 일었다.

염색을 마쳤을 때 이마 위로 염색약이 튄 것이 보였다. 나는 물휴지로 살에 묻은 염색약을 지우면서 다음부터 오지 말아야 겠다고 생각했다. 그녀는 계산을 하면서 10회 쿠폰을 끊으면 할인을 해주겠다고 했다. 나는 다음에 오지 않을 생각을 했으 므로 생각해보겠다고 하면서 거절했다.

Y시로 이사 올 때 내가 눈여겨 본 것은 전망이었다. 남편 직 장 이동으로 북한강이 가까운 N시에서 강의 남쪽 Y시로 이사 해야 했지만 맘 한구석에서 오랫동안 살았던 N시를 떠나고 싶 은 마음이 있었다. 분양 당시 추첨으로 원하지 않는 동과 층 에 배정받은 집에 대한 불만도 있었지만 새로 이사 온 위층과 의 층간 소음 문제로 극도로 예민해진 상태였다. 베란다 창밖 오른쪽으로는 대학교를 경계 짓는 공원과 왼쪽으로는 하천 위 선로로 다니는 경전철이 보였다. Y시 하면 떠오르는 놀이동산 까지 가는 한 량의 미니열차였다. 지금은 Y시 곳곳에 미니신도 시가 생겨 인구가 늘어나고 이용객이 많아졌지만 완공을 하고 도 이용객이 없어 10년 가까이 개통을 못하고 논란이 되었던 것이었다. 그전에 살던 곳은 저층이라서 커튼을 치지 않으면 안이 들여다보였고 앞뒤로 거대한 다른 동 건물이 버티고 있 었다. 햇빛은 해가 높이 올라온 정오에서 오후까지 두 시간 정 도 배급 주듯 들어왔다. 햇볕이 비추다가 사라지면 마음은 저 절로 우울해졌다. 종일 해가 비추는 남향의 고층인데다 앞이 확 트인 이 집은 맘에 들었다. 남편은 주말에 햇살이 가득 들어 오는 거실에서 창밖을 바라보며 미소를 지었다.

15년 된 아파트는 화사한 블루 톤으로 칠해진 외관과는 달리 내부는 툭하면 손 볼 것이 눈에 띄었다. 장마에 베란다 창 밑으로 물이 새어 타일 위로 물이 흥건하게 괴었다. 베란다 안으로 들어오는 빗물을 보면 심란해졌다. 베란다 바깥 창 마감을 했던 실리콘이 떨어져 그렇다고 했다. 연수가 된 아파트라 부쩍 몇 동의 어느 라인에서 실리콘 공사를 한다는 방송이 잦았다. 우리 동의 같은 라인 공사가 있는 날엔 옥상에서부터 줄을 타고 내려오는 인부가 보였다. 눈이라도 마주칠까봐 커튼을 치거나 방으로 들어와 있었다. 언젠가 뉴스 보도로 알게 된, 줄을 타고 일하다 떨어진 사고사가 떠올랐다. 그즈음에 우리 집도 결국 실리콘 공사를 하게 됐다. 젊은 남자 두 명이 왔다. 내 집 공사를 하니 더 긴장이 되었다. 나는 웃으며 조심해서 하라고 부탁 했다. 줄을 타는 젊은이가 웃으면서 대답했다. 걱정하지 마세요. 절대 그런 일 없어요. 그 말에 안심이 되었다. 젊은이가 덧붙였다. 사실 몇 달 전에 3층 실리콘 공사를 했던 사람이 추락해서 죽었어요. 옆 동에서요. 그 말은 하지 않았으면 좋았을 뻔했다. 내가 사는 아파트에서. 3층에서도 떨어져 죽을 수 있다니. 하긴 죽음의 조건이 따로 있는 건 아니지. 나는 오싹했다. 앞 뒤 베란다를 오가머 줄을 타고 작입을 하는 젊은이가 무사히 일을 마치기를 기도했다.

　Y시의 정책 슬로건은 '사람 중심 도시'였다. 오래 전, 시의 규모와 맞지 않는 거대한 청사에 정책 슬로건조차 '세계 최고'라고 해서 언론의 뭇매를 맞은 적이 있었다. 나는 그때 Y시 같은 데서는 절대로 살지 않겠다고 했다. 그곳에선 걸핏하면 자존감을 잃는 내가 더 작아질 것 같았다. 이제 사람 중심의 도시

라니 내가 살짝 들어가도 별 문제가 없을 거라고 생각했다. 여고 동창 미숙이가 살고 있는 동네였다. Y시의 어느 곳에나 있는 숲속 마을이었다. 아파트 단지들이 산 아래 있는 대학을 둘러싸고 있었다. 미숙이는 숲속 마을의 중심인 대학교 정문 앞 단지에 살았다. 이 동네가 너무 좋아서 떠날 수 없다고 했다. Y시 중에서도 이 동네를 선택하게 된 것은 미숙의 말이 결정적이었다. 내가 사는 아파트는 맨 끝 단지였고 산에 막혀서 더 이상 갈 수 없었다. 산 아래에는 전원주택들이 옹기종기 모여 있었다. 산으로 막혀 더 이상 나아가지 못하는 막다른 곳에까지 집을 짓다니. 어디든지 땅만 있으면 집을 짓는다. 오래전부터 난개발의 대명사인 Y시임을 실감했다.

전원주택 사이에는 미술관이 있었다. 사설 미술관이지만 늘 새로운 기획 전시와 개인전이 열렸다. 저녁이나 밤에 아파트를 나와 미술관까지 걸으면 기분이 좋아졌다. 집 바로 옆에 미술관이 있는 동네라니. 내가 문화인이 되는 것 같았다. 단지와 단지 사이 주택가에는 군데군데 음식점과 학원, 부동산 같은 상가들이 있었다. 그중에는 '꽃을 피우고'란 이름을 가진 고풍스런 카페도 있었다. 커피 원두를 사거나 친구를 만나게 되면 들르는 카페였다. 외출했다가 집에 오는 길이면 가까운 쪽문을 두고 카페가 있는 길을 거쳐 왔다. 커피향이 바깥까지 풍기는 그 길을 걸으면 행복감이 밀려왔다. 대학생인 아이는 학교에 가지 않는 날이면 노트북을 들고 카페 '꽃을 피우고'에 갔다.

동네에는 내가 이사 오기 훨씬 전부터 여러 동호회가 있었다. 산악회나 전국의 명승지를 찾는 '길 따라 멋 따라'가 대표

적이었다. 출입구 게시판에 한 달에 한 번 안내문이 붙었다. '길 따라 멋 따라' 회장은 '재밌게 살자'가 인생 모토였는데 아파트 단지에서도 늘 여러 이벤트를 벌이려고 애썼다. Y시의 '지방보조금' 신청에도 선정되어 아파트 단지에서 두 해에 걸쳐 시인을 초청해서 강좌를 열고 아파트 주민들에게 시를 공모했다. 선정된 시에 그림과 사진을 넣어 아파트 들어오는 입구부터 시작되는 장미 넝쿨 담장에 걸었다. 시가 있는 길이 되었다. 그 길을 걷는 사람들이 걸음을 멈추고 시에 눈길을 주었다. 내가 쓴 짧은 시도 걸렸다. 이웃 단지에 사는 미숙이도 일부러 시가 있는 길을 걸어 우리집에 왔다. 아파트 단지가 더 이상 나갈 데 없는 끝자락에 있어도 맘에 드는 동네였다. 일주일에 한 번 예배 보는 선데이 크리스천이었지만 교회도 바로 아파트 옆에 있었다. 태후사랑 미용실 맞은편이었다.

대학교 주변 여러 미용실에 가봤지만 마음이 편하지 않았다. 가격도 비싼 편이었고 고객이 대체로 자식 벌의 젊은 사람들이어서 이방인이 되는 기분이었다. 태후사랑에 한번 다녀온 후 여러 곳을 전전하다 코로나가 시작된 해에 다시 태후사랑을 찾았다. 그곳 분위기는 여전했다. 그녀는 나를 보고 아는 체했다. 거의 일 년이 다 되어 온 나를 알아 본 것이 믿기지 않아 인사치레거니 생각했다. 그런데 그녀는 내가 온 때와 모습까지 자세하게 말했다. 그녀는 기억력이 좋은 사람이었다. 그날 그녀는 내 머리를 염색한 다음 커트까지 해줬다. 샴푸를 하면서 내가 어디에 사는지, 무슨 일을 하는지 물었다. 내가 대답을 했지만 그녀는 마치 내 말을 못 알아들은 양 다른 말을 했다.

수요일엔 남편과 같이 볼일이 있어 3시까지만 영업을 한다고. 볼일이 무엇일까 궁금했다. 열린 창문 사이로 들어오는 바람에 그녀의 긴 머리가 나부꼈다. 그녀는 춤을 추는 무도장에나 있어야 할 것 같았다. 아무리 생각해도 미용사는 어울리지 않았다. 그녀는 내가 처음 왔을 때처럼 왈츠를 배우는 게 어떻겠냐고 말하지 않았다. 대신 예전처럼 선불 쿠폰 제안을 했다. 코로나 기간이었다. 나는 어려운 기간에 그 정도는 해야겠다 싶어 선뜻 선불 쿠폰을 끊었다. 10회 이용권이었고 20퍼센트 할인 된 금액이었다.

그녀는 내가 예약된 날짜에 가면 무척이나 반겼다. 다른 사람이 앞에 있어 내가 기다리고 있으면 커피를 권했다. 머리에 염색을 하면서 자신이 혼자서 미용실을 운영하는 것은 자신의 손재주가 뛰어나서 그렇다는 말을 했다. 우아한 그녀의 외모와는 어울리지 않는 태도였다. 내가 맞장구를 치려고 '그럼요'라고 말하면 그 말에는 상관없이 자신이 하고 싶은 말을 이어나갔다. 요즘 봄꽃이 예쁘죠. 어떤 꽃을 좋아하세요? 내가 대답을 하면 못들은 척 다른 말을 했다. 굿모닝 아파트에 살죠? 뒤에 산이 있어서 여름에는 에어컨 안 켜도 시원하다면서요. 나는 대답을 하면서도 점점 답답해졌다.

그녀의 귀는 점점 나빠지고 있었다. 그녀는 텔레비전의 뉴스를 흘깃 쳐다보고는 집값이 너무 올라서 큰일 났다고 혼잣말을 했다. 손님들도 뭔가를 묻다가 그녀가 동문서답을 하거나 못 알아들으면 알아서 말을 멈추었다. 그녀는 문득 손님들을 쳐다보며 혼잣말을 자주 했다. 머리를 하면서 거울 속으로 비친 그녀를 보면 배우가 연기 연습을 하는 것처럼 보이기도 했다. 그래도 손님이 끊임없이 있고 단골이 있는 것은 그녀 말대로 그녀의 미용 솜씨가 좋아서일까. 나는 자주 이번 쿠폰이 끝나면 다른 미용실로 옮겨야지 하고 생각했다. 그녀의 귀가 더 안 들리게 되면 이 미용실은 과연 유지될까 하는 염려도 해보았지만 태후사랑 미용실은 여전히 건재했다. 그녀는 은근히 사람을 끄는 힘이 있었다.

산책을 하거나 마트를 가기 위해 나가면 가끔 정류장에서 일찍 퇴근하는 그녀를 만났다. 그녀는 반갑게 나에게 아는 척했다. 마을버스가 도착하면 차에 오르면서 나에게 손을 흔들었다. 마치 오래전부터 알고 지낸 사이처럼. 나와 그녀 사이에 어떤 친밀감이 형성된 느낌이었다.

여름휴가가 가까워지고 있었다. 예약된 날짜에 미용실에 갔다. 코로나로 사회적 거리두기가 강화되었는데도 사람들은 각자 나름대로의 휴가에 대해 수다를 떨었다. 그녀는 미용실 출입구에 휴가 기간을 표시한 안내문을 붙였다. 나는 휴가 기간이 끝난 다음 날로 예약을 잡았다.

내 차례를 기다리며 멍하니 벽걸이 텔레비전에 눈을 두고 있는데 젊은 남자가 들어왔다. 파마를 끝내고 잠깐 쉬고 있는 그녀에게로 다가갔다. 자그마한 상자를 내밀며 'Y시 미용협회'에서 왔다고 말했다. 코로나 기간 미용실 상황을 살펴보고 격려도 하려고 들렀다고. 그런데 그녀는 자꾸 상자를 밀치며 가라고 했다. 미용협회의 총무 일을 맡고 있는 것 같은 젊은 남자는 답답해하며 그녀에게로 가까이 다가가 큰소리로 말했다.

미용실 안에 있던 손님 중에 한 명이 보다 못해 젊은 남자에게 말했다. 원장님이 귀가 잘 안 들려요. 다음에 오세요. 젊은 남자는 가져온 상자를 놓고 한숨을 쉬며 나갔다. 젊은 남자가 나가자 그녀가 말했다. 요즘 저런 잡상인이 많다니까요. 젊은 남자를 타일러 보낸 손님이 그녀에게로 다가가 큰 소리로 말했다. 그녀는 그제야 알아들었는지 앉아있는 손님들을 향해 말했다. 제가 귀가 안 좋아요. 검사를 받고 치료해야 하는데 시간이 안나요. 귀가 안 좋은지는 짐작했지만 그녀가 직접 말하는 것은 처음이었다. 이미 내가 없었던 다른 날 말했을까. 내가 커트와 염색을 마치고 돌아갈 때쯤 그녀는 누군가에게 전화를 걸었다. 내가 귀가 잘 안 들려 아까는 실례를 했어요. 아마도 아까 들른 미용협회 총무 남자인 듯 했다.

여름휴가 기간이 끝나 예약 날짜에 미용실에 갔다. 8월 초라 태양이 이글거렸다. 1층 부동산은 아직도 휴가 기간이라 문이 닫혀 있었다. 숨가쁘게 2층으로 뛰어올라갔다. 층계참에 널려 있을 자주색 수건들이 보이지 않았다. 뭔가 이상한 느낌이 왔다. 미용실 문은 닫혀 있었고 문에 쪽지가 붙어 있었다. 사정이 있어 쉽니다. 죄송합니다. 언제까지란 기간은 씌어있지 않았다. 나는 그녀의 핸드폰과 연동된 미용실 전화번호로 전화를 걸었다. 응답이 없었다. 그날 예약된 나 말고 다른 사람도 있을 텐데 영업을 하는 사람으로서 너무 무책임하다는 생각이 들었다. 집이 먼 단골이라면 더욱 원망스러울 것이었다. 그녀의 핸드폰으로 문자도 보내봤지만 답장은 없었다. 아쉬운 대로 염색약을 사다 집에서 혼자 염색을 했다. 외출을 할 때마다 버스

정류장에서 그녀의 미용실을 올려다보았다. 일주일이 지나서야 그녀의 미용실에 불이 켜졌다. 한 달 후에 다시 예약해야겠다고 생각했다.

나는 정확히 한 달 후 예약 전화를 걸었다. 그녀는 씩씩한 목소리로 반갑게 전화를 받았다. 나는 그녀의 안 좋은 귀를 의식하며 크게 말했다. 그녀는 전화 목소리는 잘 들리는 것 같았다. 짧지만 그래도 그녀와 대화를 한 셈이었다. 지난번 여름휴가 끝나고 왜 연락도 않고 문을 닫았냐고 묻지 않았다. 그녀 또한 그때 일에 대한 사과 같은 건 하지 않았다. 그런 일은 아예 없었던 것처럼. 나는 언젠가부터 그녀에 대해 궁금한 것이 많아졌다. 그녀는 처음에 몇 번 남편과 아들에 대해 얘기하곤 입을 닫았다. 누군가는 그녀의 남편이 사우나를 운영하는데 코로나로 문을 닫았다고 했다. 코로나 전까진 그녀의 남편이 자동차로 그녀의 출퇴근을 도와줬다는 말도 했다. 그녀의 남편과 아들은 어떤 사람일까. 그녀는 왜 귀가 나빠졌을까, 그리고 왜 점점 나빠질까. 그녀가 왈츠를 추는 모습이 보고 싶기도 했다. 그녀의 귀가 잘 들린다면 궁금한 것을 다 물어보면서 재미있게 얘기를 할 텐데. 나는 아쉽기만 했다.

오전 10시에 예약을 했다. 당연히 앞에 온 예약자들이 있으리라 생각했는데 뜻밖에 내가 첫 손님이었다. 나는 순간 지난번 여름휴가 일로 손님들이 떨어진 게 아닐까 불안했다. 그녀가 커피를 들고 활짝 열어젖힌 창문으로 밖을 바라보고 있다가 돌아다보았다. 그녀는 활짝 웃으며 나를 반겼다. 여유가 있었던지 나를 창가로 이끌었다. 싱싱하지도 않은 그렇다고 쉽게 떨어지지도 않을 나뭇잎들이 가지에 매달려 있었다. 하천에서 오리 가족이 헤엄치고 있었다. 경전철이 굉음을 내며 내달렸다. 집에서는 볼 수 없었던 가까이서만 볼 수 있는 풍경이었다. 그녀의 여윈 몸은 더 여위어 있었다. 부럽던 몸매였으나 이젠 안쓰러웠다. 나는 그녀에게 바싹 붙어 그동안 묻어두었던 것을 말했다. 요즘도 왈츠 추세요? 그녀의 눈이 반짝였다. 남자는 앞으로 발을 내밀고 여자는 뒤로 물러나요. 그렇게 한 쌍이 되어 원을 그리며 추는 춤이에요. 가장 행복한 순간이죠. 그렇게 말하는 그녀의 얼굴이 환했다.

내가 염색을 하기 시작했을 때 두 명이 더 왔다. 내가 염색을 한 뒤 샴푸를 기다리고 있었고 한 사람이 파마를 시작했다. 내 옆에 앉아 잡지를 보던 여자가 나를 흘깃 보며 말했다. 굿모닝 아파트 살지요? 언젠가 오가다 부딪힌 적이 있는 것도 같았다. 3동 20층 여자가 이불 털다 떨어진 거 알아요? 나는 너무 놀라 어리둥절해 했다. 정말 그런 일이. 여자는 누군가에게 들은 얘기를 실제 본 것처럼 생중계했다. 의자를 놓고 이불을 털다 앞으로 넘어갔다, 어떻게 여름 이불에 사람이 넘어갈 수 있냐, 근처 동에 있던 사람들이 떨어질 때 굉음을 들었다, 경찰이 와서 남편을 불렀을 때 남편은 자기 부인이 죽을 이유가 없다고 말했다, 여자는 죽은 여자가 이불을 털다 죽은 것을 강조했다. 베란다에서는 절대로 이불 털면 안 된다고요. 머리를 말고 있던 여자도 이러저러한 추리를 하며 추락사에 대해 한 마디 거들었다. 나는 내가 살고 있는 아파트에서 이런 일이 일어날 수도 있다는 것에 소름이 돋았다. 우리 얘기를 듣지 않은 것 같은 그녀가 한 마디 보탰다. 그 여자 죽고 싶었던 거예요. 이불은 핑계죠. 나는 그녀의 말이 맞을 것 같다고 생각했다.

미용실 옆 건물에 있던 뜨개질 공방이 수제비 집으로 변했다. 그곳을 지나다 쇼윈도에 진열된 테이블보나 모자, 인형 등을 한참 들여다보곤 했었다. 때로 빙 둘러앉아 뜨개질을 하는 여인들을 보면 마음이 따뜻해졌다. 아무래도 크게 돈벌이가 되지 않아 가게를 접었겠구나 생각하니 안타까웠다. 모던한 분위기로 꾸민 수제비 집은 눈에 띄었다. 늦은 점심을 먹으려고 들어갔다. 주방 옆 창문으로 하천 풍경이 들어왔다. 1층에서 보는 하천 풍경은 또 달랐다. 참 운치 있는 가게라고 생각했다. 김밥과 수제비 전문이었는데 나는 수제비만 시켰다. 고명이 계란과 김뿐이었는데도 멸치 국물이 담백하고 시원했다. 수제비를 먹다 문득 그녀가 생각났다. 그녀는 점심을 어떻게 먹지? 배달을 해서, 아니면 도시락을 싸왔을까? 그녀와 밥은 도무지 연상되지 않았다. 어렸을 때 선생님은 화장실에 안 가는 사람인 듯 생각했던 것처럼. 다음엔 머리를 한 다음 점심시간에 같이 내려와서 수제비를 먹어야지. 가까이 앉아서 밥을 먹으면 그녀와 대화를 할 수 있겠지. 만약 바빠서 안 된다고 하면 배달이라도 시켜줘야지, 나는 그런 생각을 하면서 혼자서 수제비를 먹었다.

추석 연휴가 바로 지난 다음 날로 염색 예약을 했다. 10회 쿠폰이 얼마 남지 않았다. 미용실 건물 앞에서 2층을 올려다보니 불이 꺼져 있었다. 나는 당연히 미용실 문이 닫혀있을 것이라고 생각하면서도 2층 미용실 문 앞까지 가서 확인했다. 문 앞에 지난번과 같은 개인 사정으로 쉰다는 안내문만 붙어 있었다. 나는 그녀가 받지 않을 걸 알면서도 전화를 걸었다. 역시 받지 않았다. 영업하는 사람으로서 너무 비상식적인 행동이라 정말 이해할 수 없었지만 이젠 화도 나지 않았다. 왠지 불길한 예감이 들었다. 이번에도 안내문이 붙고 일주일 쯤 지나 그녀는 미용실 문을 열었다.

그녀의 얼굴은 더욱 핼쑥해졌고, 이마와 눈가에 시퍼런 멍이 들어 있었다. 머리카락으로 가리려고 했지만 그녀가 움직일 때마다 멍이 드러났다. 미용실에 들어오는 사람들마다 그녀의 이마를 가리키며 왜 그러냐고 물었다. 그녀는 화장실에서 미끄러져서 넘어졌다고 했다. 나는 저 멍 든 상처 때문에 일주일씩이나 미용실 문을 닫고 전화도 안 받았다는 게 이해가 가지 않았다. 그녀는 누가 묻지도 않았는데 멍을 가리키며 화장실에서 미끄러진 상황을 재연했다. 그녀와 어울리지 않는 무척 어색한 장면이었다. 그녀는 무엇을 변명하려고 하는 것인가. 화장실에서 미끄러지면 다리가 부러지거나 해야지 저 부위에 멍이 들 수 있을까. 머릿속에선 왠지 모를 의심에 찬 생각이 사방으로 뻗어나갔다. 누군가에게 맞았을 것이고 그래서 그녀의 고막도 터졌을지 모른다. 그런데 치료를 안 하고 방치해서 점점 귀가 안 들리게 됐다. 그렇게 만든 사람은 그녀의 남편일거야, 라는 생각에서 나는 멈추었다. 그녀는 자신에 대해서 아무런 내색도 하지 않는다. 그런데 내가 무엇을 할 수 있는가? 다만 예약 약속을 어기는 이유에 대해 묻지 않고 다행히 예약이 되면 염색을 하면서 쿠폰 횟수를 지워나가는 정도만이 내가 할 수 있는 일일 것이었다.

나는 그 뒤로 심통이 나 내가 원하는 시간에 편하게 갈 수 있는 대학교 근처 미용실에 가서 머리를 다듬고 염색을 했다. 고향을 떠나온 것처럼 왠지 마음 한 구석이 허전했다. 내가 태후사랑을 다시 찾은 것은 크리스마스가 가까운 12월이었다. 그녀는 나를 반갑게 맞았으나 그동안 왜 그렇게 뜸했느냐고 묻지 않았다. 미용실 창밖으로 눈이 내리고 있었다. 자기 차례를 기다리던 여자가 '눈이다.' 하고 소리를 쳤고 모두 창가를 향해 고개를 돌렸다. 그녀는 커트를 하던 가위를 들고 한참 창밖을 바라보았다. 그녀의 눈은 마치 아득히 저 먼 곳을 바라보는 것 같았다. 눈은 내가 미용실에 있는 두 시간여 동안 계속 내려 쌓였다. 머리를 다하고 돌아가는 사람들에게 그녀는 즐거운 크리스마스와 새해 복 많이 받으라는 인사를 했다. 그녀가 창밖을 가리키며 말했다. 미용실 건너편 아파트 옆 교회였다. 검은색 정장을 입은 대여섯 명이 교회 앞 인도에 쌓이는 눈을 치우고 있었다. 그녀가 말했다. 저기 저 사람은 왜 가만히 서있을까요? 저 사람 목사에요. 부목사들과 같이 하면 좋을 텐데. 저렇게 감독이나 하면서 뒷짐 지고 있잖아요. 나는 전혀 신경 쓰지 않은 부분을 그녀는 안타까워하고 있었다. 나는 10회 쿠폰 마지막 사인을 했다. 나는 내가 구운 쿠키 세트를 그녀에게 주면서 즐거운 크리스마스 되라고 인사를 했다. 매번 벼르기만 했지 처음 그녀에게 주는 선물이었다.

나는 해가 바뀌어 태후사랑 이용 쿠폰을 새롭게 끊었다. 이미 가끔 일어나는 그녀의 일탈에 익숙해졌고 그것에 대처하는 내 나름의 방식도 생겼다. 그녀의 얼굴은 점점 수척해 갔으나 스스로 다듬은 긴 머리에 립스틱 하나만 짙게 발라도 그녀는 아름다웠다. 그녀의 잘록한 허리를 보면 어떻게 저 나이에 저럴 수 있을까 신기했다. 그녀의 목소리는 점점 커졌고 그럴 때마다 나는 불안했다. 그녀는 문득 올 겨울은 날씨가 너무 춥다든지 코로나가 길어져 큰일이라는 등 남들이 다하는 걱정을 했다. 사람들은 그녀가 알아듣든 말든 또 자기 말을 했다. 종종 그녀는 케이블 티브이의 댄스 방송을 틀어놓고 의자와 샴푸대를 오가며 쳐다보았다. 사람들도 나처럼 그녀에 대해 궁금한 것이 많았지만 그녀가 못 알아들으니까 묻지 않는 것 같았다. 그래도 미용실은 몇 사람만 있어도 각자의 말로 시끄러웠다. 누가 사기를 치고, 이혼을 하고, 병들고, 요양원에 가고, 죽고 하는 얘기들을 물어왔다. 결혼을 하고, 아기가 태어나고, 병이 낫고, 신나고 재밌는 일은 아주 가끔 있었다.

설 명절 연휴가 끝난 다음에도 예약자들과 상관없이 그녀는 며칠간 문을 더 닫았다. 나는 이제 더 이상 미용실 문 앞에까지 가서 확인하지 않았다. 후문 쪽 언덕에서 길 건너 편 태후사랑 창문을 바라보며 불이 켜져 있나 보면 되었다. 나는 혼자만의 의심을 거의 확증으로 굳혀 가고 있었다. 명절 연휴나 여름휴가 뒤에 이런 일이 반복된다. 그녀는 전화도 받을 수 없다, 안내문은 그녀의 가족 중 누군가가 붙였을 것이다. 얼마 뒤엔 꼭 그녀는 미용실에 나와 일을 한다. 점점 그녀는 수척해지고 귀가 안 들린다. 나는 그 배후에 폭행하는 남편이 있을 거라고 생각했다. 나처럼 생각하는 사람이 또 있을까? 그녀가 구원 요청을 하면 좋을 텐데. 그녀는 도시락을 싸와 점심시간도 없이 잠시 틈을 내어 후다닥 밥을 먹고 서너 시가 되면 퇴근을 한다. 그녀는 집에 가서 도대체 무엇을 하는 걸까? 아니면 다른 곳에 갈까? 생각들이 꼬리를 물었으나 그녀와 마주칠 때뿐이지 다시 나의 일상으로 돌아오면 잊었다. 남편에게 말한 적이 있지만 나에게 오지랖이라며 남의 삶에 개입하지 말라고 했다.

누구도 예상하지 못했던 코로나의 두 해가 지나고 봄이 왔을 때 나는 비싼 파마를 했고 쿠폰에 해당되지 않는 두피 스케일링까지 받았다. 그녀는 무척 좋아했다. 그녀는 창밖으로 보이는 교회 한편의 목련나무를 처음 발견한 듯 갑자기 환한 표정을 지으며 자기는 하얀 목련보다는 늦게 피는 자목련이 좋다고 말했다. 3월 말, 활짝 핀 거리의 벚꽃나무를 보면서 그녀는 꿈꾸는 듯한 표정을 지었다. 저 꽃길을 걸어본 지가 얼마나 됐는지 모르겠다고 했다. 화사한 꽃의 힘이었을까. 그녀는 내가 갈 때마다 나에게 말을 걸었다. 내 머리색이 점점 어두워진다며 밝은 갈색으로 전체 염색을 할 것을 권하고 꽃무늬가 있는 내 옷이 예쁘다고 말하기도 했다. 그녀가 위태롭다고 느낀 적도 있었지만 7월까지는 아무 일도 없었다. 나는 내 예약 날짜에 태후사랑에 갔고 그녀는 그날에 그곳에 있었다. 그녀를 호위하는 몇몇 여자들도 함께였다.

여느 때처럼 또 여자들은 여름휴가에 대해 얘기했다. 손님들 대화에 좀처럼 끼어들지 않던 그녀가 말했다. 이번 여름엔 미용실 휴가 없어요. 휴가는 애들 어릴 적이나 가는 거지, 뭐. 나는 그녀의 휴가 징크스가 떠올랐고 그녀의 방어책이 아닐까 하는 생각이 들었다. 누군가가 말했다. 그래도 쉬셔야지. 그때 누가 미용실에 온다고. 라고 말하자 그녀는 피식 웃었다. 그녀가 그렇게 말했지만 매년 휴가 기간이었던 날짜에 태후사랑은 문을 닫았다. 휴가 기간이 훨씬 지났을 때도 문은 열리지 않았다. 몇 번 전화를 했지만 역시 받지 않았다. 나는 그녀가 원망스러워서라기보다 무슨 일이 있을까 걱정이 되어 생각날 때마다 전화를 했다. 이제 마지막이다 싶어 전화를 했을 때 그녀가 받았다. 너무 아파요⋯. 그녀의 첫 말이었다. 그녀는 말할 힘조차 없는 것 같았다. 미안해요. 그다음 말이었다. 나는 말할 힘조차 없는 그녀에게 말을 시킨다는 게 미안했다. 나는 다음에 또 연락할 테니 몸조리 잘하라고 했다. 그녀는 작은 목소리로 고맙다고 하며 끊었다. 나는 이번에는 정말 큰일 났다 싶었지만 그날 하루만 그녀에 대한 생각이 맴돌았을 뿐, 결국 시간이 지나면서 잊게 됐다.

9월에 그녀의 미용실에 갔다 단수가 되어 샴푸도 못하고 돌아온 뒤로 왠지 태후사랑에 가고 싶지 않았다. 자꾸 윤기가 없어지는 그녀의 마른 몸을 바라보는 것도 두려웠다. 집에서 셀프 염색을 하거나 대학가 근처의 미용실에 가서 머리를 다듬었다. 나는 나름대로 새로운 단골 미용실을 찾고 있었다. 그녀와의 결별을 결심했다. 수제비도 같이 못 먹고 쿠키도 다시 선물하지 못해서 아쉬웠지만 어쩔 수 없었다. 외출을 하다 태후사랑 창을 쳐다보면 자주 불이 꺼져 있었다. 또 어느 날 불이 켜져 있으면 그녀가 있겠구나 싶어 안심이 되었다. 코로나 확진자는 줄고 사회적 거리두기도 없어졌다. 마스크 착용은 몇 군데 장소를 빼고는 자유로웠다. 꿈처럼 3년이 갔다. 많은 것을 잃어버린 채.

새해가 되고 태후사랑의 간판이 새로 걸렸다. 진한 자주색 바탕에 황금빛으로 새긴 '태후사랑'이란 글자가 돌올했다. 1층 입구엔 미용실 홍보 문구가 새겨진 에어 입간판 스카이 댄서가 춤을 추듯이 흔들리고 있었다. 나는 그녀가 마치 왈츠를 추는 것처럼 기뻤다. 그녀 몸은 살이 좀 올랐을까. 귀는 치료를 받아 나아졌겠지. 얼마 뒤에 그녀에게 전화를 걸어 예약을 해야겠다고 생각했다.

뜻밖에 남자 목소리였다. 건조하고 차분한. 무슨 일이세요? 염색 예약을 하려고 하는데요. 나는 남편인데 아내가 한 달 전에 심장마비로 죽었습니다. 나의 침묵 사이로 그녀의 남편은 사무적인 어투로 말을 이어갔다. 쿠폰 남은 것은 없습니까? 환불해드리겠습니다. 그리고 미용실은 다른 사람이 계속합니다. 나는 온몸에 소름이 돋았다. 간신히 고인의 명복을 빈다고 하면서 전화를 끊었다.

Y시엔 새로 공모한 시 슬로건이 공공기관 벽에 새겨져 있고 곳곳에 플래카드가 나부끼고 있다. 'Y르네상스'. 나는 그녀가 어디서든 자유롭게 춤추는 사람으로 부활하기를 기원했다.

이미 돌아가신 지 오래 되었지만 엄마와 띠 동갑인 아버지는 내가 어렸을 때부터 나이가 많았다. 할아버지 같은 아버지는 어려웠고 친밀하지 않았다. 어린 나는 외로웠고 빨리 어른이 되고 싶었다. 나는 책 속으로 숨어들어 그곳에서 살았다. 유년 시절엔 모험을 하는 톰이 되기도 하고 알프스동산을 뛰어다니는 하이디가 되었다. 그 이후로도 오랫동안 제인, 소냐, 니나 등 책 속의 인물이 되어 현실에서는 없는 내가 될 수 있었다. 책은 나의 안식처였다.

사춘기 무렵부터 그것이 사랑이라고 한다면 나는 늘 누군가를 사랑했다. 마치 안톤 체홉의 단편 '귀여운 여인'에 나오는 올렌카처럼 사랑 없이는 살 수 없었다. 사랑의 대상은 내가 맘대로 정했다. 그러니 짝사랑일 수밖에 없었다. 나는 일기를 쓰듯 나의 애인에게 자주 편지를 썼다. 나의 일상과 불안한 마음과 꿈꾸는 미래에 대해서. 어릴 때의 꿈이 작가는 아니었지만 그런 것들이 쌓여 지금 글 쓰는 사람, 나로 있게 된 것 같다.

지난 해 여름, 병원에서 검사를 받다 우연히 뇌동맥류가 발견되었다. 생소한 것이었다. 뇌혈관이 부풀어 올라 터지면 죽게 되거나 정상적인 생활을 할 수 없다고 했다. 미리 발견된 것은 천우신조라고도 했다. 나의 경우엔 머리의 일부를 절개해 부풀어 오른 혈관을 클립으로 묶는 것이 치료법이었다. 아무 것도 피할 수 없었다. 수술을 하기까지 5개월을 기다리며 난 두려웠고 나의 죽음에 대한 시나리오를 수없이 썼다 지웠다. 죽음은 나의 것이기도 했고 아주 가까이 있었다.

수술 후 17시간을 중환자실에 누워있었다. 마취에서 깨어나 간호사의 질문에 내 이름과 내가 있는 장소를 대답했다. 살아있다는 것에 감격했고 신께 감사했다. 가림막을 한 내 옆 침상에선 가족들이 청년의 임종을 하고 있었다. 오랜 시간이 지난 준비된 죽음이었을까, 가족들은 울지 않으면서 하늘나라에서 만나자는 인사를 했다. 여러 침상에서 깨어난 환자들의 신음소리가 들렸고 간호사들이 분주하게 움직였다. 그들은 커피를 마시거나 이야기도 하면서 무심하게 자신의 일들을 했다. 간혹 웃음소리도 들렸다. 삶과 죽음이 한곳에 있었다.

한 달에 한 번은 '린'이라는 동네 미용실에 간다. 나는 내 맘대로 '린'을 한자 이웃 린으로 생각했다. 원장 미용사는 예쁘고 본 적은 없지만 자신이 춤을 잘 춘다고 자랑했다. 그 여인은 사랑스러웠다. 나는 낯선 사람들과 잘 섞이지 않는 편이나 그곳에 가면 누구라도 편한 상대가 되었다. 그들은 미용실에 머무르는 한두 시간 동안 자신의 일생을 풀어놓기도 하고 온갖 세상사를 펼쳐 놓는다. 작년엔 유난히 죽음의 소문이 많았다. 나는 그 죽음의 진위를 잘 모르지만 아주 가까이 있는 죽음들에 소름이 돋았다.

삶속에 함께 있는 죽음, 내 곁에 가까이 있는 죽음, 그래서 언젠가 내게 올 죽음도 삶처럼 자연스러운 것임을 이야기하고 싶었다.

부유아파트의 죽음 하나

김 소 래

부유아파트의 죽음 하나

"하긴 그 친구가 직접 죽음과 맞서본 적이 있었겠나?"

노인은 의사의 말을 떠올리며 중얼거렸다. 의사는 아들에게 환자가 먹고 싶은 것 드시게 하고, 보고 싶어 하는 사람은 만나게 해드리라고 했었다. 희끗희끗한 머리칼을 쓸어 올린 다음 안경테를 잡고 진지하게 조언했지만, 들어오던 말을 대충 옮겼던 것 같다. 지금 노인에겐 보고 싶은 사람도 먹고 싶은 음식도 없기 때문이다. 남은 시간이 얼마나 되겠느냐고 묻자, 의사는 망설이지도 않고 3개월쯤이라고 대답했었다. 운이 좋으면 6개월이 될 수도 있다고 이어 붙인 걸 보면 노인의 심중을 전혀 고려하지 않은 것도 아니었다.

이제 의사가 말했던 3개월이 이미 지나고 새로운 한 달을 채워가고 있다. 마지막 턱이 바로 문 앞이라는 것을 노인도 알고 있었다. 호흡은 점점 가팔라지고 산소 호스를 꽂지 않으면 누워 있기도 힘들었다. 35kg까지 빠진 몸을 뒤척이기도 쉽지 않았다. 라꾸라꾸를 높여 누운 노인은 거죽이 뼈에 눌어붙은 자신의 손을 내려다보고 눈살을 찌푸렸다. 늦가을에 잘라서 버린 포도나무 가지가 겨우내 말라 비틀어져 가는 모양새였다. 폐섬유화증이란 병은 노인을 아프게 하지는 않았다. 숨이 차서 활동이 어렵고, 한번 터지면 미친 듯이 기침을 해대는 것이 문제였다. 기진하기 직전까지 기침을 하고 나면 정신이 혼미해지고 탈진한 몸을 가누기 힘들었다.

꽝, 쾅, 꽈다당

604호 쪽 벽이 또 울렸다. 놀란 노인이 몸을 비틀자 코에 끼워진 산소 호스가 빠졌다. 노인은 곧 창자가 뒤틀리는 느낌이 들 때까지 기침을 쏟아냈다.

'저 놈이 또 발광이네. 저 자식 때문에 내 명대로 살 수가 없어.'

젊을 때라면 쫓아가 놈의 귀싸대기라도 갈겨줬겠지만 참는 수밖에 없었다. 노인이 아는 세월만 따져도 604호 청년은 4년째 취업순비생이었다. 처음 2년은 학원도 다니고 취업을 준비 중인 것 같더니 요즘은 집에서 나가지도 않았다. 날마다 집에서 뒹구는 청년은 시끄럽고 째지는 음악 소리를 앰프를 곁들였다 싶을 정도로 높이는가 하면 가끔 벽에다 성깔을 부려댔다.

요즘 젊은이들이 남의 입장은 외면하는 병에 걸려있다고 노인은 단정했다.

"양념이라 먹을 만할지 몰라요. 요즘 진우가 한참 잘 먹더라고요. 아버지도 한번 트라이 해봐요." 며칠 전, 치킨을 배달시키며 아들이 전화로 한 말이었다.

중학생인 진우와 늙은이 입맛이 같을 수는 없었다. 제 아들 진우가 좋아하니 늙은 애비도 시도해 보라는 말에 당황했지만 딱히 먹고 싶은 음식도 없어서 바꿔 주문하라고 말하지는 않았다. 아들은 지금쯤 음식 배달시키는 일이 지겨울 것이다. 스마트폰 몇 번 두드리는 일이지만 반복적인 일에 진이 빠져 딴청부릴 일거리를 찾고 있을 것이다. 아들은 어려서부터 진득하지 못했다. 쓸모 있는 일에는 싫증을 쉬 내고 쓸데없는 일에 힘을 빼버리는 아이였다.

젊어서 사립중학교 과학 교사였던 노인은 그 시절 여느 아버지들처럼 아들 교육을 위해 무진 애를 썼었다. 그가 근무하던 학교의 학생이던 아들을 직접 가르쳐도 보고, 교사라는 자존심도 버리고 성적 좋은 학생들이 다닌다는 학원에 보내기도 했다. 그러나 아들의 성적은 매번 하위권을 벗어나지 못했다. 아버지 체면을 봐서라도 노력해주길 바랐지만 아들은 공부에 집중해 주지 않았다.

그래도 아들이 마을금고 행원으로 사회생활을 시작할 때는 대견하다 싶었다. 그런데 오래 참지 못하는 성격 탓인지, 고만고만한 회사 몇 개를 떠돌더니 이제 계약직으로 그중 가장 작은 회사에 다니며 살아간다. 노인은 옆집 604호 청년이 취업 준비를 벌써 포기하고 집에서 살만 찌우고 있는 것으로 보아, 아들처럼 일에 쉬 염증을 내는 부류라고 치부했다.

아내가 먼저 간 5년 전에 노인은 아파트를 줄여 이 부유아파트로 이사 왔다. 인천에 처음 고층 아파트가 생기기 시작할 때 지어져 노후했지만, 15평이라는 평수도 가격도 적절했다. 서울 수유리 집을 팔아 아들 집을 사주고 자신의 거처를 마련하자니 수도권에서 인천만 한 곳이 없었다. 다행이 아들 직장도 인천 남동공단이었다. 말하지는 않았지만 아들네와 가까이 살게 된다는 점에서 끌리기도 했다. 기댈 생각은 없었어도 아들 가까이에 오고 싶었다.

이래저래 인천에 살게 됐지만 노인은 늘 떨떠름했다. 집중된 시가지가 없이 산발적으로 퍼져있는 도심이 마치 집중력 떨어지는 젊은이들처럼 어수선했다. 어수선해서인지, 인천이 고향이라는 이도 몇 만나지 못했다. 고향을 마음에 품고 각지에서 모여든 사람들은 이 도시에 뿌리를 내리지 못하고 데면데면 살아가는 모양새였다. 5년을 이곳에 살면서 노인이 친구를 사귀지 못한 이유이기도 했다. 하필 아파트 이름조차 부유아파트다. 부자가 되려는 염원을 품고 이름을 그리 달았겠지만 노인은 수중식물처럼 부유하며 살아가는 이곳 사람들을 연상했다. 폐섬유화가 오면서 황사도 이 도시에 유독 심한 것 같았다. 토박이들이 많은 수유리에서 살다온 노인은 아내와 함께 북한산기슭을 산책하던 시절을 자주 떠올렸다.

노인의 폐가 말라들어 바깥출입이 어려워진 작년 말부터는 아들은 날마다 인터넷 배달 앱 '진정한 친구'를 통해 노인에게 음식을 배달시켰다. 노인이 받는 사학연금을 쓰는 것이었지만 고마웠다. 눈이 잘 보이지 않고 스마트폰에 어두운 노인으로서는 돈 내고 음식 배달 받는 것도 쉽지 않기 때문이다. 다행히 아들은 아직 액정 두드리는 일이 싫증난다고 말하지 않는다. 처음에는 노인에게 메뉴를 묻기라도 하더니 이제 특별한 메뉴가 아니면 제 맘대로 시키고 뭘 시켰는지 연락도 없다. 노인은 매일 한 번씩 배달되는 그 음식을 나눠 하루 세 끼를 해결했다. 배달음식이 터무니없이 양이 많아 세 끼 먹고도 남아서, 남은 음식을 아래층 음식쓰레기통에 넣는 게 고역이지만 그것조차 안하고는 인간으로서의 품위를 지킬 수 없다는 게 노인의 생각이었다.

노인이 604호를 싫어하게 된 원인도 쓰레기 때문이었다.

부유아파트 나동 6층 엘리베이터에서 내려 좌측으로 돌면 601호, 602호, 노인이 사는 603호, 맨 끝이 604호였다. 복도식이어서 아파트 문 반대편은 가슴팍까지 올라오는 시멘트 난간이고 604호 끝은 벽으로 막혀 있다.

604호 청년은 노인보다 1년 뒤에 이사 왔다. 그날 오후, 중늙은이 부부와 건장한 청년이 이삿짐을 나르기에 꼬막만 한 아파트에 세 사람이 살려나보다 했다. 그런데 이사를 마친 중늙은이 부부가 603호 초인종을 눌러 노인을 불러냈다.

"옆집에 이사 온 아, 부모 됩니다요. 우리 아들이 공무원 시험 공부하느라 바쁠 낀데, 혼자 객지에 와 있으니 어르신께서 신경 쫌 써 주십사 부탁드리것습니다."

취준생 아들을 홀로 두고 가니 부탁한다는 의미였다. 나이 든 사람이 혈기 왕성한 청년에게 무슨 도움이 될까 싶었지만,

어른 대우해 주는 것이 싫지 않았다. 더구나 곱상하게 생긴 어머니라는 여자가 싹싹하게 굴었다. 아들을 위해 인천에 집을 샀다고 했다. 서울은 너무 비싸 인천에 샀다지만 부부는 새 집을 사서 아들을 입주시키는 뿌듯함으로 표정이 환했다. 아들이 이곳에서 취업도 하고 결혼도 할 것이라며 희망에 들떠 있었다. 진도에서 칼국수 식당을 하는데 그쪽에 오면 들르시라는 둥, 물어보지도 않은 본인들 정보까지 술술 털어놓아 선량하고 순박한 사람들이라고 여겼다. 정작 604호에 살기로 한 청년은 얼굴도 내밀지 않았지만 부부의 서글서글한 인사에 노인도 기분이 덩달아 좋아졌다.

문제는 며칠 후에 시작됐다. 복도 끝 604호 벽면에 가득 쌓인 쓰레기가 며칠 동안 그대로였다. 이사 올 때 썼던 박스들과 비닐, 버리는 헌 옷가지와 모자들이 잡다하게 쌓여 있었다. 청년은 학원에 가는지 새벽에 나가는 소리는 들었는데 온종일 돌아오지 않아서 치우라고 말할 수도 없었다. 쓰레기 더미에 끼인 붉은 비닐 끈이 바람에 나부끼어, 볼 때마다 노인의 마음이 편치 않았다. 관리사무실에서 나온 경비는 긴 막대로 비닐 끈을 꾹꾹 몇 번 눌러 넣고는 입주자에게 전화해보겠다며 가버렸다.

노인은 아들을 부탁하던 인상 푸진 중늙은이 부부가 생각나 엘리베이터를 몇 번 오르내리며 604호의 이삿짐 쓰레기를 치워주었다. 그때만 해도 노인의 폐섬유화증이 심하지 않아 그리 난감한 일도 아니었다.

그 이후에도 604호 벽에는 종종 쓰레기봉지들이 나와 있었

부유아파트의 죽음 하나

다. 아무 비닐에나 담긴 쓰레기를 노인은 자신이 쓰던 종량제 봉지에 담아 버려 주었다. 취직 공부에 바쁜 청년이 쓰레기 치울 시간 내기도 어렵겠지 하면서. 몇 번 하다 보니 604호의 쓰레기 치우는 일이 아예 자신의 일이 될 것 같은 불안한 예감이 들기 시작했다. 음식물 쓰레기까지 섞어 내버려 다시 분리해서 버리는 것이 고역이기도 했다.

똑 부러지게 얘기해서 제 집 쓰레기는 스스로 치우게 하겠다고 작정한 노인은 청년이 들어오는 밤 11시가 되도록 귓바퀴를 복도로 향하고 기다렸다. 복도를 지나는 발소리를 들은 노인이 부리나케 나갔다. 604호 초인종을 누르니 외출에서 방금 돌아온 청년이 문을 열었다. 방안의 빛을 등지고 선, 흰 체크무늬 남방의 청년이 듬직해 보였다. 노인은 초임 교사 시절 교무실에 들어서던 자신의 모습을 떠올렸다.

"젊은이, 쓰레기를 내가 계속 치우는데. 본인 쓰레기는 본인이 해결 해야지……."

노인이 말하는 중에 청년이 고개를 숙였다.

"한 발 물러서, 젊은이가 노량진까지 학원 다니느라 시간이 정 안 나면 내가 쓰레기를 버려 준다 하더라도, 음식물 쓰레기는 따로 분리를 좀 해줘야지. 음식물과 일반 쓰레기, 재활용 다 따로따로 분리를 해놔야……."

"알겠습니다." 대답한 청년은 노인의 말이 채 끝나기 전에 뒤로 물러서 문을 닫았다. 노인은 닫힌 문을 쳐다보다, 알겠다는 것은 앞으로 치우겠다는 뜻이겠거니 하고 돌아섰다.

며칠 후, 다시 604호 벽면에 기대 누운 검은 비닐을 보았을 때 노인은 역정을 내고 말았다.

"참 젊은것들하고는……. 말을 했으면 들어야지. 제 입으로 알았다 해 놓고……."

노인은 쓰레기를 또 방치한 청년에게 섭섭하고 화가 났다. 그러나 곧 마음을 접기로 했다. 시골에서 칼국수 집을 해서 아들 집을 사주고 학비를 부쳐줄 중늙은이 부부를 생각했다. 자신의 아들은 저렇지 않으리라는 자신도 없고, 가르치던 남자아이들도 그렇게 자라지 말란 법도 없었다.

마음을 다잡고 검은 쓰레기 자루를 집어 들던 노인은 으악 비명을 질렀다. 쓰레기 자루에서 시커먼 물이 쏟아졌다. 콜라에 흐물흐물 녹아든 도넛쪼가리들이 노인의 흰 운동화 위에 널브러졌다.

"아니 이 자식이? 덜 마셨으면 음료를 버리고 빈 캔만 넣었어야지.......이 빌어먹을 새끼가......."

갈색으로 물들어가는 흰 운동화를 내려다보며 아들에게 해대던 욕지거리를 내뱉었다.

아들은 아버지가 제 처지는 헤아려주지 않고 강압적이라고 불평했었나. 공부를 하라고 하면 아버지 제면만 위해 닦달한다고 대들었고 성적이 안 나오는 것도 아버지 때문에 공부가 질려서라고 했다. 노인은 기가 막히게 억울했지만 우겨대는 아들을 이길 수는 없었다. 싸워보았자 아들이 변할 리도 없고 아들의 말에 일부 맞는 부분이 있기도 했다.

그 이후에도 복도 끝에 놓인 쓰레기는 노인이 치워야했다.

관리실 경비조차 604호의 쓰레기가 치워지지 않으면 노인을 찾았다. 어느 일요일 오후, 604호 문이 열리는 소리에 노인이 쏜살같이 나와 보니 역시나 검은 비닐 자루가 복도 끝 벽에 기대어 퍼져 있었다. 노인은 끓어오르는 감정을 꾹 누르며 곧바로 604호 벨을 눌렀다. 청색 티를 걸친 청년이 핼쑥한 얼굴로 고개를 삐쭉 내밀다 코를 쥐었다. 쓰레기 냄새는 아나보다 했다.

"거, 말 했잖나? 내가 쓰레기 치우는 사람도 아니고……. 스스로 쓰레기를 치워야지. 내가 계속 해 줄 수는 없잖나?"

청년은 코를 움켜쥔 채 알겠습니다 하고 바로 문을 닫아 버렸다. 노인은 황당했지만 쉽게 수긍하는 그의 태도를 위안 삼았다. 처음 볼 때와는 다르게 핼쑥해진 청년의 얼굴을 눈에 담고 돌아서며 실속 없이 덩치만 큰 이 도시가 문제라고 생각했다. 변변한 학원 하나 없으니 날마다 서울까지 다니느라 힘들겠지 했다. 수긍했으니 이제부터라도 쓰레기를 청년 스스로 치우면 될 일이었다.

청년이 알겠다고 했지만, 쓰레기 담긴 검은 비닐봉지는 며칠 후에도 604호 복도에 나와 있었다. 노인도 이제 치우지 않기로 맘먹었다. 못 본 척 했다. 사나흘 지나자, 쓰레기봉투에서 흘러나온 사과껍질 썩은 냄새가 복도에 넘실거렸다.

"저 쓰레기를 왜 계속 저기에 두지? 냄새 나서 못 살겠어. 초파리 좀 봐. 당신이 관리사무실에 전화해서 항의 좀 해."

602호 젊은 새댁이 출근하던 길에 눈썹을 찌푸리며 남편을 닦달했다. 과일 썩어가는 냄새라서 노인은 참을만한데 젊은 부부는 견딜 수 없는 모양이었다. 601호에는 아예 사람이 사는지 안 사는지 노인도 본적이 없으므로 불평하는 소리도 없었다.

'옳거니, 젊은 부부도 항의 전화를 한다니까.'

지원군이 생겨 힘이 난 노인이 관리실을 찾았다. 책상을 앞에 두고 앉은 관리소장에게 604호 쓰레기를 공동 경비로 충당해서 어떻게 해결점을 찾아보자고 조리를 갖춰 말했다.

"어르신, 저도 제발 그러고 싶습니다. 오늘 아침에도 어떤 주민이 전화해서 얼마나 몰아세우던지. 요새 젊은 사람들 자기 손해 요만큼만 보면, 발작 일으키잖아요? 그러나 어쩌겠습니까? 한 개인을 위해 공동기금을 쓸 수는 없잖습니까? 그러면 저 바로 해고당해요. 어르신처럼 점잖으신 분이 아들이라 생각하고 그 말썽쟁이 청년 좀 도와주세요." 책상 뒤의 관리소장은 거절과 부탁을 섞어 요령 좋게 내놓았다.

결국 604호 쓰레기 치우는 일은 노인의 일이 되고 말았다. 604호 쓰레기 양이 노인보다도 많아 쓰레기봉투 값도 만만치 않았지만 청년에게 더 따지고 싶지도 않았다. 당시는 노인도 요즘처럼 몸이 힘들지 않아 생각에 따라서는 어려운 일도 아니었다.

청년은 언서푸 꽁무원 시험에 떨어지는지 갈수록 기운이 빠져보였다. 그러던 그가 언제부턴가 아예 공부를 포기하고 집을 나가지 않았다. 604호에서 시끄러운 음악이 들리거나 물건 던지는 소리로 벽이 울리기도 했다. 집밖에 거의 나오지 않은 그가 가끔 나올 때 보면, 볼 때마다 살집이 늘어가고 있었다. 처음 이사 왔을 때 중키에 딱 보기 좋았던 청년이 학원에 다닐 때는 애처롭게 초췌해지더니 이제는 살이 불어 하마를 닮아갔다.

604호 청년은 집에 있으면서도 쓰레기는 버리지 않았다. 아무 비닐봉지에나 담아 복도에 널브러지게 놓아두는 것이 전부였다. 역시 음식물도 재활용도 분리수거 하지 않았다. 노인은 취업에 성공하지 못한 그가 아예 힘을 놓아버린 것 같아 안쓰럽기도 했다. 오매불망 아들의 성공만을 바라고 있을 진도의 중늙은이들도 생각했다.

작년 여름부터는 노인의 폐섬유화가 급격히 진행되어 정말 무슨 결단을 해야 할 형편이었다. 노인은 집안일 하기도 쉽지 않았다. 604호 쓰레기가 신경 쓰이던 그는 차라리 부유아파트를 팔고 이사라도 가버릴까 생각했다. 경기도로 밀려나지 않고 인천에 이 정도 평수를 잡을 수 있을지, 인테리어를 새로 하려면 돈이 필요할 텐데, 생각이 많았다.

늦여름 밤, 근처 슈퍼에 다녀오는데 웬일인지 604호 청년이 복도 난간에 기대 어둠을 응시하고 있었다. 멀리 송도신도시 빌딩 불빛이나 보고 있겠지 하며 들어가려는데 낌새가 이상했다. 검은 셔츠 뒤로 흐느끼는 소리가 새어 나왔다. 투신자살을 시도할지도 모른다는 생각에 다가가 무슨 일이냐고 물었다.

"어떻게 해야 할지 모르겠어요. 이제 어떻게 해야 하죠?"

하마가 된 덩치가 난간에 엎드려지고 흐느낌으로 몸이 들썩였다. 3개월 전에 아버지가 교통사고로 돌아가셨다고 했다. 설상가상으로 어머니마저 뇌출혈로 쓰러져 요양병원에 입원 중이라고 했다.

노인의 폐가 굳어 기동이 더 어려워진 작년 겨울에 아들은 여기저기 수소문해 노인을 위해 정부지원 요양보호사를 불렀다.

일주일에 세 번, 요양보호사가 와서 세 시간씩 노인의 집안 일을 도왔다. 그녀는 오자마자 문을 온통 열어놓고, 먼지를 일으키며 돌아다니고 시끄럽게 수선을 피웠다. 노인은 숨쉬기가 더 어려운 느낌이었지만, 돕자고 오는 사람한테 까탈을 부릴 수도 없었다. 요양보호사가 내방한 지 2주 쯤 되었을 때 노인은 복도에서 썩어가고 있는 604호의 쓰레기를 함께 치워 달라고 조심스럽게 부탁했다.

"남 도울 만큼 한가하지 않아요. 힘 남아도는 젊은 애가 해야지 왜 내가 해요?"

노인의 눈에는 아직 60대인 그녀도 힘이 남아 돌 것 같은데 그렇게 쏘아 붙였다. 몰인정에 정나미가 떨어진 노인이 내일부터는 올 필요가 없다고 홧김에 말을 내지르고 말았다. 정부 지원 요양관리사를 거부했다는 것을 안 아들은 아버지는 그런 성격 때문에 평생 여러 사람 상처 주더니 죽어가면서까지 그 성질 못 버리느냐고 소리쳤다.

그래도 아들은 노인을 위해 음식 배달앱을 찾았나. 죽어가는 아비를 위해 그 일 만은 꾹 참고 하는지 '진정한 친구'를 아들은 아직까지 잘 부렸다. '진정한 친구'는 음식을 아파트 문 앞에 두고 초인종을 눌러 배달을 알린 후 사라지곤 했다. 매일 정확히 집 앞에 음식이 배달되었다. 돈 받고 하는 일이지만 그들은 진득했다.

치킨을 배달한 날도 12시 10분쯤 벨이 울렸다. 두고 가겠지

하고 노인은 일어나지 않았다. 치킨을 먹을 수 있을지도 의문이지만 어떤 음식도 먹고 싶은 생각이 없었다. 어차피 죽을 몸 더 이상 괴롭힘 당하지 않고 갈 수 있다면 이제 가면 좋을 것 같기도 했다. 그러나 노인은 자살은 생각하지 않았다. 종교는 없었지만 혹시라도 신이 있다면 절대로 용서하지 않을 거라는 생각이었다.

"죽 넘기기도 힘든 아비한테 양념치킨이라니"

노인은 혀를 차고 침대에서 일어나지 않았다. 라꾸라꾸 침대는 등을 세워 놓을 수 있어서 노인에게는 요긴했다. 옆에 놓인 산소 발생기와 가습기는 배달앱 '진정한 친구'처럼 진득하게 일했다.

'몸이야 받아들이든 말든, 목에서 넘길 수만 있어도 좋을 텐데'

뭔가 먹어야 함에는 분명했다. 한참을 뒤척인 끝에 노인은 일어나 침대 옆에 놓아둔 보행기를 잡았다. 보행기 손잡이에 몸을 의지해 한 발 한 발 현관으로 향했다. 현관에서는 신발장 앞에 세워진 실외용 보행기를 잡아 누르고 문을 열었다.

보행기에 의지하고 밖을 내다보았다. 그런데 배달된 음식이 보이지 않았다. 음식은 흰 비닐봉지에 담겨 문 옆에 놓여 있어야 했다. 몇 개월 동안 어김없이 문 앞에 와 있었다. 노인은 문을 더 열어젖히고 보행기를 밀고 복도로 나왔다. 숨을 몰아쉬어가며 보행기를 돌려 배달물을 찾았다. 어찌된 일인지 흔적도 없었다. 아파트 호수가 적힌 네 개의 거무튀튀한 진회색 문만 복도 벽에 나란했다.

‘아까 분명히 벨소리를 들었는데…….’

돌아와 책상 위 디지털시계를 보니 1시 30분이었다. 시간으로 봐도 배달될 시간은 넘었다. 혹시 604호 아이가? 번뜩 청년의 덩치가 떠올랐지만 고개를 저었다. 다시 생각하니 정말 벨소리를 들었는지도 아련했다. 아들이 음식 주문을 잊어버렸나 보다 했다. 노인은 포기하고 침대에 몸을 눕혔다. 누우면 식사를 때우기 위해 다시 일어나기가 쉽지 않다는 걸 알았지만 우선은 눕고 싶었다.

다음날 노인이 604호 쓰레기를 치우려고 갔을 때 검은 비닐봉지에 먹다만 양념치킨이 있었다. 닭다리 뼈에 양념과 버무려진 살점이 덕지덕지했다. 노인은 숨을 깊이 내쉬고 바닥에 철퍼덕 주저앉았다. 살점이 붙은 양념치킨 뼈다귀들을 챙겨 음식물 쓰레기에 담고, 남은 콜라를 미리 준비해 간 플라스틱 통에 붓고 캔은 따로 분류했다. 일 삼아 분류를 끝낸 노인은 쓰레기들을 보행기 가방에 담고 벽을 붙잡고 일어섰다. 보행기에 의지해 비틀거리며 엘리베이터로 향했다. 쓰레기를 버리고 돌아오는 길에 콜라와 음료가 부어진 플라스틱 통은 챙겨 살 요량이었다.

노인은 청소를 중요시했다. 과학교사였던 직업이 청결을 중요시하게 만들었지만 나이 들수록 청결해야 된다는 아내의 주장 때문이기도 했다. 아내는 평생 쓸 수 있는 시간 7할쯤을 청결을 위해 썼다. 덕분에 그의 집은 항상 깨끗했다. 거실 마루도, 주방 싱크대도 책상이나 선반 위도 반질반질 윤을 냈다. 게

임에 빠져 컴퓨터와만 친하던 아들 방도 아내는 싸워가면서 기를 쓰고 청소했다. 아내의 청결병은 나이 들어가면서 더 심해졌는데, 노인 냄새 안 나게 하려면 젊은 시절보다 더 깨끗해야 한다는 주장이었다. 그가 청결에 유념하게 된 것도 그런 아내 영향이 컸다.

그런데도 젊은이들에게는 그의 노인 냄새가 심한 모양이었다. 1년 전인가 아들 가족이 부유아파트를 찾아왔었다. 노인이 새벽 화장실 길에 넘어진 후였으니 보행기를 사왔던 날이었던 것 같다. 들어오자마자 손자 진우가 손으로 코를 틀어막았다. 며느리는 커튼을 걷어 젖히고 창문부터 열었다. 찬바람에 노인은 기침을 쏟아냈다. 숨쉬기가 곤란해서 헐떡거리는데 당황한 아들은 제 자식과 아내 눈치 보기에 급급해 창문을 닫지도 못했다.

"아버지, 그래도 환기는 시켜야죠. 그래야 아버지 폐에도 좋아요"

노인은 기침을 해내느라 아들의 말에 대꾸도 할 수 없었다. 며느리가 가져온 물을 마시고 겨우 숨이 터져 노인이 말을 내놓았다.

"내가 다 알아서 다 -한다. 환기-하루에-"

"냄새, 냄새가 심하단 말이어요. 할아버지 냄새 짱 심해요."

노인의 말이 끝나기도 전에 손자 진우가 소리쳤다.

"쓰레기도 잘 버리고 세탁도 좀 자주하세요. 엄마가 했던 것처럼."

아들이 곧바로 해결책을 내놓아 노인은 더 할 말이 없었다.

며느리는 말없이 손으로 코와 입을 가렸다. 가져온 보행기 포장을 풀어 아들이 조립 중일 때, 며느리가 손을 머리에 얹고 아들에게 속삭였다. 냄새 때문에 머리가 아프다는 말을 하고 있다는 걸 노인도 눈치 챘다. 아들은 콧등에 주름을 잡았지만, 대꾸 없이 보행기만 바라보며 중얼거렸다.

"가격이 좀 나가는 것은 기능이 훨씬 다양하고 디자인도 멋진데, 하필 아버지가 제일 싼 것 사겠다고 고집을 피우셔서......."

"보행기는 보행기 역할만 하면 돼. 쓸데없이 기능이 많아보았자, 고장만 잦아. 메이커에 몇 배의 돈을 지불하는 건 바보들이나 하는 짓이야"

아들이 며느리와 맞장구치지 않아 마음이 훈훈했지만, 노인은 습관적으로 아들의 말을 짓이겨 버렸다.

"그 고집 어련하시겠어......."

아들은 나사를 마저 조이며 지껄였다.

두 번째 보행기, 즉 실외용 보행기는 인터넷으로 구입해 보내고 아들만 와서 조립했음으로 며느리나 손자가 노인의 집을 찾지는 않았다. 실외보행기도 노인은 아들이 제시한 물건 중, 가장 싼 것을 택했다. 특별히 이번에는 쓰레기 버릴 때 쓸 요량으로 노파들이 주로 쓰는 가방달린 보행기를 원했더니 아들은 창피하게 무슨 여자용이냐면서 짜증을 냈다. 아비가 아껴놓으면 결국 저에게 남겨진 게 많을 텐데 아들은 언제나 그랬다. 노인의 생각에 아들은 아직도 본질을 보지 못했다. 걸만 번지르르한 것에 속아 넘어갔다. 어렸을 때 공부시킬 때도 집중하지 않

　　　　　　　　　　　부유아파트의 죽음 하나

더니 성인이 된 지금도 아비의 말에 유념하지 않았다. 아들에게 알려주고 싶은 것은 아직 많은데, 노인에게 방법이 없었다.

양념치킨 뼈를 치우고 일주일 후, '진정한 친구'가 오는 시간에 노인은 깜빡 잠이 들었다. 기침을 하느라 잠을 이루지 못한 밤이 많아, 식사도 수면도 잠옷과 평상복을 입는 시간도 노인의 의식만큼이나 뚜렷하지 않았다. 기침을 하다 잠이 들어버리고 깨어나면 물을 마시고 배달된 음식을 몇 술 뜨고 기운이 났을 때, 기어다니다시피 하며 집을 청소했다. 보행기 앞다리에 걸레를 매달고 미는 방식으로 하다가 그도 어려우면 앉아서 밀걸레 자루를 멀리 잡아 방과 거실을 닦았다. 노인에게 청결 유지는 인간의 품위를 나타내는 마지막 안간힘이었다.

낮잠에서 깨어난 노인이 보행기에 의지해 나가보니 오늘도 웬일인지 복도에 배달된 음식이 없었다. 치킨 사건 이후 아들에게 먹기 편한 음식을 요구했었다. 치킨 분실과 604호 쓰레기에서 발견한 양념통닭 잔해는 얘기하지 않았다. 노인의 요구대로 아들은 앞으로 '진정한 친구'가 죽집만 경유하도록 하겠다고 했다. 그런데 오늘은 죽이 배달되지 않은 것이다. 노인이 문을 잡고 겨우 서서 604호 벽과 출입문을 눈으로 꼼꼼히 훑었지만 흔적도 없었다.

"그 새끼가 집에 있는 것 같은데⋯⋯. 어차피 입맛도 없어. 먹지 않으면 죽겠지. 이대로 그냥 죽어버릴까?"

다가가 604호 초인종을 누를 힘도 없는 노인은 중얼거리며 들어왔다.

밖에 다녀오느라 힘을 썼더니 노인의 기침이 다시 터졌다. 봇물처럼 터진 기침은 주체 할 수 없었다. 침대 밑으로 기어가 가습기 앞에 입을 벌리고 한참을 있어도 멎지 않았다. 겨우 기침을 참으며 비몽사몽으로 벽에 기대앉았는데 초인종이 울렸다.

노인이 기다시피 하여 현관으로 다가가 문을 여니 거대한 검은 벽이 앞을 막았다. 검은색 추리닝을 입은 604호 청년은 이마에 주름을 가득 잡고 구겨진 눈을 노인에게 내리꽂았다. 보행기에 기댄 노인의 몸이 청년 쪽으로 휘청거리자 그가 손으로 코를 막았다. 청년은 옆으로 비켜 노인의 집안을 슬쩍 들여다보고 뒷걸음질 치며 손가락으로 코를 더 움켜쥐었다.

"기침 좀 하지마세요. 시끄러워서……. 썩은 시체 냄새가……. 청소 좀 하세요."

코맹맹이 말을 마친 청년은 되돌아 검은 등을 방패처럼 펴고 삼색 슬리퍼를 질질 끌며 갔다. 숨을 들이쉰 노인이 뒤늦게 입을 여는데, 꽝 소리를 내지르며 604호 문이 닫혔다. 노인은 그쪽으로 눈을 부릅떴다.

"꺼엉, 꺼........"

고함을 지르려 했으나 말이 나오지 않았다. 숨이 가득 차올라 기침이 다시 쏟아졌다. 노인은 새파래진 얼굴로 쓰러지듯 주저앉았다. 도끼다시 찬 바닥에 엎드려 컥, 컥, 컥, 가쁜 숨을 토해냈다. 내지르지 못한 고함으로 잔뜩 일그러진 입안에 짠 눈물이 흘러들었다.

노인의 식사는 그 다음날도 배달되지 않았다. 아들이 스마트폰 놀이를 그만 뒀는지, '진정한 친구'가 이제 진득함을 버리고 아들의 요구에 응하지 않는지, 아니면 이미 배달된 음식을 누가 훔쳐 가는지는 알 수 없었다. 어느 것이 원인이든 노인에게 별로 중요하지 않았다. 그저 숨쉬기나 편한 세상으로 가고 싶었다.

노인이 깨어보니 창밖이 환했다. 얼마나 의식이 없었는지 모를 일이었다. 책상 앞 디지털시계에 3:32가 쓰여 있었다. 커튼 너머가 환한 걸로 오후라 추측했다. 며칠인지도 분명하지 않았다. 천정에 LED 빛이 보였다. 이사 하자마자 전기 요금을 아끼려고 바꿔놓은 등이었다.

'그때만 해도 힘이 좋았지.'

노인은 빙그레 웃었다. 아내는 그가 집안 등 관리를 잘한다고 칭찬했었다. 수유리에서는 형광등을 사용했었는데 스타트 전구를 갈거나 등만 갈아 끼워도 잘한다고 했었다. 안정기를 바꿀 때는 기술자라고 그를 치켜세웠다. 노인은 입을 더 옆으로 벌렸다. 미소가 만들어졌는지는 모르지만 노인은 웃었다.

겨우 몸을 일으켜 방안을 둘러보았다. 방은 그런대로 정리가 되어 있었다. 먼지야 있겠지만 걸레질은 무리였다. 지금 노인의 몸으로는 무리였다. 침대를 내려오려는데 눈앞이 핑 돌더니 몸이 밑으로 내동댕이쳐졌다. 손으로 이마를 짚으니 까만 피가 묻어나왔다. 피골이 상접한 거죽 밑에 아직 피가 흐르고 있었다.

물을 마시고 싶었다. 산소발생기도 가습기도 작동을 멈췄다. 숨쉬기가 어려웠다. 노인은 싱크대로 기어가 서랍을 잡고 일어서서 수돗물을 마셨다.

　이제 마지막 일을 할 시간이었다. 싱크대 서랍에서 쓰레기 봉투를 챙겨 책상으로 기어갔다. 최대한 몸을 세워 앉았다. 네임펜으로 노란 포스트잇에 글씨를 썼다. 반듯하게 쓰려고 애썼다.

　그는 자신의 글씨가 써진 포스트잇을 떨리는 손으로 들고 바라보다, 종량제 봉투에 붙였다. 봉투를 쥐고 현관 쪽으로 기었다. 몇 번을 쉬어 도착한 신발장 앞에서 손잡이를 잡고 일어서 실외보행기까지 용케 잡았다. 이를 악 물고 한참을 애쓰니 문이 열렸다. 604호 쪽 벽에 검은 비닐봉지가 보였다.

　보행기를 밀고 가 시멘트벽에 기대어 바닥에 눕듯이 앉았다. 숨을 몰아쉬며 쓰레기 자루를 바닥에 부었다. 마시다 만 맥주 캔이 털써덕 떨어져 맥주가 쏟아지고 너저분한 쓰레기들이 그 위를 덮었다. 맥주에 뒤섞인 쓰레기물이 노인의 파자마를 적셨다. 노인은 빈 캔들은 비닐봉지에, 잔쓰레기들과 구겨진 종이들을 종량제 봉투에, 피자쪼가리나 치킨 뼈들은 녹색 음식물 쓰레기봉투에 넣었다.

　죽집 상호가 쓰인 라벨들이 나오자 노인의 손이 덜덜 떨렸다. 망설이다 노인은 죽집 라벨들을 재활용봉투에 넣었다. 플라스틱 통에 붙은 죽 찌꺼기는 구겨진 종이들을 다시 꺼내 닦았다. 씻어서 버려야 하는 것들이지만 그럴 힘은 없었다. 닦인 세 개의 플라스틱 죽통을 재활용봉지에 넣기까지, 얼마나 오랫동안 그 일을 했는지 30분인 지 한 시간인 지 한나절인 지도 모를 일이었다. 정신이 혼미해진 노인에게 시간은 중요하지 않았다. 해내기만 하면 되는 일이었다.

그동안 604호에는 사람이 있는지 없는지 기척도 없었다. 온통 고요했다. 노인은 이 복도에, 아니 부유아파트에 자신만 홀로 살아있는 느낌이었다. 601호야 얼굴을 본적도 없으니 궁금하지도 않았고 602호 젊은 부부는 오늘도 직장에서 부지런히 떠다니고 있겠지 생각했다.

'604호, 그 아이는 지금 방안에서도 부유 중일 거야.'

노인은 자신도 평생 부유 중이었다는 것을 어렴풋이 깨달았다. 수유리에서도 뿌리 없이 떠 있었다. 떠다니느라 누구에게도 진정한 친구가 되어주지 못했다. 아들에게도 친구는 아니었다. 조언자일 뿐이었다. 노인은 이제야 정직해진 기분이었다.

노인은 보행기 다리를 잡고 벽을 짚어가며 일어섰다. 하늘도 벽도 희미했다. 김빠진 맥주와 쓰레기 물에 젖은 아랫도리는 추운지 더운지 분간도 되지 않았다. 보행기에 몸을 의지해 엘리베이터 쪽이라 여겨지는 곳을 향했다. 비틀거리며 가는 길에 종량제 봉투에서 노란 포스트잇을 떼어 604호 문에 붙이는 것을 잊지 않았다.

노인은 기어코 집으로 돌아왔다. 숨을 몰아쉬며 싱크대 쪽으로 기었다. 열린 서랍들을 잡고 일어서 손을 씻었다. 입을 벌려 숨을 토해 가며, 서랍에 다시 의지해서 방바닥에 누웠다. 헉, 헉, 헉, 헉 얕은 숨이 가파르게 연달았다.

노인은 마지막 힘을 짜내 침대로 가기로 했다. 수없이 내동

댕이쳐졌지만 끝내 침대에 올랐다. 몸을 눕혔다. 30도로 세워진 라꾸라꾸를 펴서 오랜만에 상체까지 눕히고 싶었지만 조종 레버를 돌릴 힘은 없었다. 시간이 궁금했다. 그러나 눈이 떠지지 않았다. 갈색으로 물든 파자마를 보고 아들이 노인의 실수로 오해하겠지만 어쩔 수 없었다.

604호 청년의 얼굴이 떠올랐다. 그 부유하는 청년의 친구 역은 어떻게든 해낸 것 같았다. '내가 죽을 가지러 나오지 않으면 이곳으로 전화해주게.' 604호 문에 붙인 포스트잇도 떠올렸다. 이제 그 친구가 자신의 진정한 친구가 되어 줄 것이다. 죽음을 알려주는 일만큼 큰 일이 있겠는가.

'내일이면 604호의 전화를 받고 아들이 오겠지.'

노인은 다리를 펴고 눈을 감았다. 숨을 아주 길게 내쉬었다. 그의 입가로 희미한 미소가 번지기 시작했다.

치과임상의로 살며 수많은 사람들의 얼굴을 보아왔다. 그들을 대하며, 누구에게나 튀어나오기를 기다리는 이야기가 많음을 알게 됐다. 아프고 슬픈 사연이든, 기쁘고 행복한 얘기든 간에 사람들은 기회만 되면 자신의 이야기를 내어 놓고 싶어 했다.

나도 그들 중 하나라서, 하고 싶은 이야기가 많은 사람이다. 가끔은 내 속의 이야기들이 서로 먼저 나오려고 아우성치기도 한다.

이런 내 이야기와 내가 만난 사람들의 이야기를 상상력을 가미해 풀어 놓는 작업이 소설 쓰기였다. 고단하지만 즐거운 작업, 소설 쓰기는 오늘도 내가 살아있음을 실감나게 한다.

사랑을 말하기는 쉽다. 그러나 사랑을 실천하기는 어렵다. 사랑을 실천하려면 필연적으로 자기 희생이 따르기 때문이다.

죽음을 앞둔 사람에게, 성공한 인생의 잣대는 무엇일까? 많이 벌어 놓은 돈? 쌓아놓은 사회적 명성? 여러 조건이 있겠지만 살아오는 동안 해온 사랑의 실천도 중요하지 않을까?

이 글에서 죽음을 앞둔 노인은 별로 성공한 사람도, 행복한 사람도 아니다. 아내를 먼저 보내고 어렵사리 고독하게 살다 죽음까지 홀로 맞이하고 있다. 노인은 자신이 사는 도시에도 불만이고 이웃은 물론 심지어 자신의 아들과도 화해하지 못한 사람이다. 그가 사는 도시의 사람들은 뿌리를 내리지 못하고 수중 식물처럼 부유하고 있어서 서로 데면데면할 수밖에 없고 그래서 본인에게 친구가 없다고 생각하며 살았다.

그러던 중 시골에서 올라와 취업에 실패하고 은둔 중인 옆집 청년과 자의 반 타의 반으로 연관되고 말았다.

쌓아놓은 청년의 쓰레기를 치워주다, 죽음 직전에서야 깨닫는다. 옆 집 청년이 방안에서도 떠돌고 있다는 것. 자신 역시도 평생 어디에도 뿌리를 내리지 못하고 부유했다는 것, 자신이 누구의 친구도 되어주지 못했다는 것과 심지어 아들에게조차도 진정한 친구가 되어주지 못했다는 것을……

자신의 음식까지 훔쳐 먹는 청년이지만 노인은 그를 쓸쓸히 도시를 부유하고 있는 사람으로 이해하고, 청년의 쓰레기 치우는 일을 끝까지 해준다. 그럼으로써 적어도 한 번은 누군가의 진정한 친구가 되어준 것이다.

노인의 죽음은 도시에선 그저 죽음 하나일 뿐이고, 심지어는 옆집 청년에게조차 별 의미 없는 죽음일 수 있다. 그러나 노인은 죽음 직전까지 사랑을 실천한 사람이었다.

도시를 부유하며 이름 없이 죽어간 노인이지만, 단 한번이라도 사랑을 실천한 그의 삶은 결코 초라하지 않다고 말하고 싶었다.

프랑스 말로는 코아코아

김 영 석

프랑스 말로는 코아코아

엄마가 앉아 있던 자리는 깨끗하게 치워져 있다. 원래부터 아무것도 없었다는 듯 전보다 더 반질반질하게 닦여 있어 낯설어 보이기까지 한다. 손을 뻗어 거실 전등을 끈다. 북향이라 그런지 한낮이지만 어두컴컴하다. 해질녘이나 돼야 엄마가 앉곤 했던 소파 자리에까지 저녁볕이 들어찰 것이다.

엄마는 저녁볕을 좋아했다. 밖에 나가 할 일 없이 동네를 한 바퀴 돌고 온 다음에는 베란다 창을 통해 들어오는 직사각형의 작은 빛, 그 빛을 우두커니 바라보곤 했다. 그리고 하루의 의식과도 같은 감상을 마무리하고 나면 소파 밑에 내려앉아서는 TV를 켠 다음 가슴께로 끌어당긴 작은 상에 밥을 차려 먹었다. 볼 때마다 자세가 불편해 보여 한마디씩 했지만 엄마는 개의치 않았다. 불편한 일도 습관이 되면 그럭저럭 괜찮은가 싶었다.

엄마는 식탁 의자에 앉는 걸 싫어했다. 딱딱해서 싫다고 했지만 사실 식탁 의자에는 푹신한 쿠션이 깔려 있어 엉덩이가 아플 일은 없었다. 어쩌면 구석진 자리의 식탁보다 조금이라도 바깥 풍경이 보이는 곳에서 밥을 먹고 싶었는지도. 언젠가 엄마는 베란다 창을 통해 들어온 바람이 그리로 지나간다고 했다. 내게 그 바람이 좋다고 말했다. 한번은 낮잠에 들었다 깼을 무렵, 나 역시 엄마가 얘기한 바람을 만났던 적이 있다. 여름날 늦은 오후 젖은 이마의 식은땀을 가만히 훑고 지나가는 바람. 해는 저물어 가고 꺼지기 직전의 열은 볕이 발치에 머물러 있었다. 나는 가만히 발을 뻗어 희미한 볕에 발등을 댄 체 천천히 스러져가는 걸 지켜보았다. 점점 채광이 사라져간 거실에 앉아 오래도록 지켜보았지만 마지막 찰나를 잡을 수는 없었다. 빛은 언제쯤 사라졌을까? 방금까지도 있었던 듯, 사라진 볕. 그렇게 오후는 물러나고 말았다.

엄마는 저녁을 다 먹고 난 다음에는 무릎께로 상을 밀어 놓고 등을 소파에 기댄 채 몇 번이고 봤던 드라마를 또 보고는 했다. 원래는 다 먹은 상을 앞에 두고 드러눕는 성격이 아니었는데 얼마 전부터는 상 위에 팔까지 올려놓고 몇 시간이고 앉아 있기도 했다. 3년 전 수술 받은 무릎관절이 시원찮아서 그랬는지 모르겠다.

우두커니 TV를 보던 엄마는 뜬금없이 말을 걸어오기도 했다. 장 보러 나갔다가 가스불 켜 놓은 게 갑자기 생각났다는 듯 느닷없이. 가끔 서울에서 직장 생활을 하던 내가 내려와 작은 방에서 뭔가를 하고 있을 때엔 특히 더 그랬다. 어떨 때는 혼잣

말을 하는 건지 정말로 말을 거는 건지 헷갈리기도 했다.

개가 짖네? 이놈에 머리카락. 국이 좀 짰나? 현규야 밤에 비 온대. 창문 닫아놨어? 하는 시답잖은 얘기들. 당장 확인 하지 않아도 상관없는 말들. 그나마도 엄마의 발음이 새는 탓에 나는 방문 쪽으로 고개를 들었다가 다시 내 할 일에 집중 하곤 했다. 그렇게 내가 대답도 없이 방을 정리하고 있다 보면 엄마는 어느새 방문을 열고는 내가 뭘 하고 있는지 지켜보곤 했다. 당신 바로 코앞에 있는 내게 목까지 쭉 내밀고 서서는…….

엄마가 기대어 있던 자리를 바라본다. 장례식은 조용하게 마무리 됐고 누나네 가족도 1시간 전 자기들 집으로 돌아갔다. 시간은 오후 5시가 넘어가고 있다. 기울기 시작한 볕은 거실 중간쯤 들어와 있다. 나는 그 햇살을 기다리듯 가만히 서서 장례식장의 일을 떠올린다. 대놓고 말하진 않았지만 사람들은 수군거렸다. 엄마가 고독사 했다고. 따지고 보면 틀린 말은 아니었다. 엄마는 죽은 지 이틀 만에 발견되었고 죽을 때 혼자였던 건 사실이니까. 누나는 펄쩍 뛰었다. 무슨 고독사냐고, 말 함부로 하지 말라고 언성을 높였다. 사정을 잘 모르는 남들도 그랬지만 우리에게 가장 화가 난 사람은 평택에 사는 큰이모였다. 큰이모는 어쨌든 엄마가 혼자 죽었다고 말했다. 멀쩡히 자식들이 있는데도 불구하고 혼자 죽었다가 이틀 만에 발견됐다고. 옆에 있던 사촌들이 뜯어 말리긴 했지만 또 틀린 말은 아닌 것 같아 나는 그저 고개만 끄덕였다.

염을 한 뒤 마주한 엄마의 얼굴은 비교적 평온해 보였다. 인중 부근에 난 주름이 좀 더 짙어 보이는 걸 제외하면 평소와 다를 바 없는 얼굴이었다. 다만 죽기 얼마 전 엄마와 있었던 기억 탓인지 살짝 튀어나온 입 속에 무슨 말꾸러미라도 들어있는 듯 왠지 불룩해보였다. 사탕이라고 물고 있는 듯했던 엄마의 얼굴. 엄마는 무슨 말을 하고 싶었던 걸까? 사람들이 옆에 없었더라면 나는 어쩌면 입술을 벌려 살짝 그 안을 들여다봤을 지도 모르겠다.

'엄마, 할 말이라도 있어? 뭔데, 말해봐.'

사망 진단서를 끊어준 의사 말로는 주된 원인은 오래 전부터 알아온 심부전으로 인한 심장 마비였다. 엄마는 그렇게 심장이 멈춘 채 죽어 간 사람으로 서류에 기록되었는데 장례식에 온 사람들은 원인에 대해서는 별로 궁금해 하지 않고 그저 혼자 죽었다는 사실에만 관심을 보였다. 동시에 사람들은 내게 궁금해했다. 엄마의 마지막 모습에 관해. 무슨 말이라도 해야 했지만 "이미 돌아가신 뒤였어요. 외관 상 별다른 건 없었고요." 하는 말 외에는 달리 전할 말이 없었다. 정말 그랬다. 집에 도착해 처음으로 엄마의 얼굴을 마주했을 때 희미하게 남아 있는 여름 해에 드러난 엄마의 얼굴은, 그저 잠에 든 사람의 모습이었다. 왠지 모를 불쾌한 냄새가 났고 사후 경직의 흔적도 보였지만 그땐 미처 그런 생각까지는 하지 못했다. 설마 엄마가 죽었을 거라는 생각은 정말 하지 못했다. 차갑게 식은 이마와 뛰지 않는 심장을 만져보기 전까지는 진짜 깊은 잠에 든 줄 알았다. 당황한 내가 거실 불을 켰을 때의 밝음, 그 밝음 속에서 드러난 엄마의 얼굴, 무릎 아래에 펼쳐져 있던 상과 말라

   프랑스 말로는 코아코아

꼬부라진 반찬, 엄마의 입 안에 남아 있던 밥풀. 내 눈에 가득 찬 새하얀 밝음 속의 엄마의 얼굴, 엄마의 눈은 진물인지 뭔지 살짝 젖어 있었다. 발목 근처에는 저녁볕이 머물러 있었다.

우리 가족은 되도록 조용히 장례식을 치렀다. 엄마의 유골은 당신이 원하던 대로 평소 다니던 절에 모셔졌고 유난스럽던 외가 쪽 사람들도 모두 서울로 올라갔다. 점심때까지 남아 집안을 정리하던 누나는 냉장고에 남은 음식들을 말끔히 정리하고는 급한 불은 껐다는 표정으로 일단 출근도 해야 되고 다들 집에 일이 있으니까 남은 일은 언제 날 잡아서 처리하자고 말했다. 그러고는 누나는 반쯤 닫혀 있던 베란다 창을 활짝 열고 숨을 크게 들이마셨다. 누나의 오른 손에는 검정 비닐 봉투가 들려 있었는데 벌어진 틈으로 문드러진 앵두가 보였다. 그날 엄마가 딴 앵두인 것 같았다.

엄마가 죽기 2주 전, 나는 어버이날에 내려오지 못한 게 마음에 걸려 주말을 이용해 충주 본가에 내려왔다. 그날 엄마의 행동은 좀 이상했는데 점심쯤 전화를 걸어 저녁에 도착할 것 같다고 알리자 고속버스터미널에 마중을 나와 있겠다며 생전 안하던 고집을 부려댔다. 엄마는 그런 사람이 아니었다. 뭐든 아들이 하자는 대로 하던 사람이었기에 나는 적잖이 당황했었다. 터미널이 집에서 가깝기는 해도 성인 걸음으로 20분 거리라 나오지 말라고 만류했지만 엄마는 막무가내였다. 어린애처럼 구는 게 영락없이 치매를 앓는 노인네 같았다.

나는 엄마를 한사코 말렸는데 무릎도 안 좋은 노인네가 걱정돼 그렇기도 했지만 실은 집에 가기 전에 해야 할 일이 있어서였다. 볼일이란 건 여자 친구에게 개구리 울음을 녹음해 오겠다고 한 약속에 관한 것이었다. 뒤늦게 대학원에 간 여자 친구는 생태 관련 발표 자료에 쓰일 개구리 울음 소리가 필요하다 했다. 인터넷에서 쉽게 찾을 수 있는 것보다 현장감이 느껴지는 리얼한 사운드를. 나는 본가 근처에 있는 호수 공원 주변의 작은 연못에서 녹음을 할 수 있을 거라고 대답했다. 정말? 생각보다 여자 친구의 반응은 뜨거웠고 모처럼 생색낼 기회라는 생각에 꼭 담아오겠다고 큰소리를 쳤다. 발표를 도와주고 싶은 마음도 있었지만 충주 집에 한번 놀러오고 싶다던 여자 친구에게 동네의 전원적인 풍경을 소리로나마 들려주고 싶은 마음도 없잖아 있었다. 그래서 엄마에게 도착 시간을 정확히 알려주지 않고 내려온 길이었다.

현규야! 집으로 안 가고 어디 가?

터미널을 나와 집 반대편 공원으로 향하는데 웬 쉰 목소리가 날 불러 세웠다. 엄마였다. 덥지도 않은지 오래된 봄잠바를 입고 선 채로.

아니, 엄마. 여기 어떻게 나왔어?

아, 그냥 미리 나왔었지. 올 때가 됐는데 전화도 안 오고……. 가는 길에 오이 사서 무침이랑 냉국 할라고.

나한테 사오라고 하면 되지. 뭐 하러 나와 엄마는. 암튼 엄마 먼저 집으로 들어가. 나 잠깐 들릴 데 있어서 그래.

어디를?

저기, 그냥 공원에 좀. 암튼 금방 갈게요. 먼저 들어가.

거긴 왜?

개구리 녹음이니 여자 친구니 쓸데없는 말을 꺼내면 결혼은 언제 하냐는 둥, 집에 데리고 오라는 둥 밤새 시달릴 것 같아 엄마에게 집으로 가 있으라고 말하고는 빠른 걸음으로 공원을 향했다. 얼마 지나 뒤를 돌아보자 엄마가 날 따라오고 있었다. 아무리 돌아가라고 손짓을 해도 엄마는 걸음을 멈추지 않았다. 나는 고집을 꺾기 어렵겠다는 생각이 들어 기다렸다 함께 걸었다. 공원에는 생각보다 사람이 많지 않았다. 강아지를 데리고 산책 나온 사람들이 더러 있고 자전거를 타는 아이들 몇몇이 보였다. 분수 쇼가 끝난 시간이라 그런지 평소 아이들을 데리고 나오던 젊은 엄마들은 모두 돌아간 것 같았다. 엄마를 가까운 벤치에 앉히고는 호수에서 갈라져 나온 작은 도랑이 있는 곳으로 걸었다. 어느덧 해가 지기 시작해 개구리들이 드문드문 울어댔다. 그러다가도 인기척이 느껴지면 일제히 울음을 멈추곤 했다. 나는 한쪽 풀숲에 쭈그리고 앉아 조심스레 핸드폰을 꺼내 도랑 쪽으로 손을 뻗었다. 중간 중간 개가 짖고 자동차 경적소리가 섞이는 바람에 몇 번이나 삭제 했다 다시 하기를 반복했다. 그렇게 얼마 쯤 기다리자 주변이 차츰 고요해졌고 나는 이제 됐겠다 싶어 핸드폰을 쥔 손을 앞으로 뻗으며 한시름을 놓았다.

갑자기 왜 그러지?

한참 신나게 울던 개구리들이 울기를 그쳐 뒤를 돌아보자 어느새 엄마가 목을 쭉 빼고 날 바라보고 있었다.

여길 뭐 하러 왔어. 앉아서 쉬지.

너 지금 뭐하는데? 개구리 잡을라고?

개구리를 왜 잡아. 그게 아니고 리코딩하려고.

네코디?

아니, 아냐 엄마, 엄마 일단 움직이지 말고 가만 있어봐. 엄마 때매 개구리가 안 울잖아.

너도 참, 비가 와야 울지. 날이 이렇게 좋은데 개구리가 울어?

내가 못 산다 진짜. 가만히 좀 계셔.

엄마는 뭐가 그렇게 신기한지 주름에 둘러싸인 눈을 반짝였다. 세상에 처음 나온 아이처럼 모든 것의 냄새를 맡아보고 모든 것을 입에 넣어보고 말을 걸려하는 것 같았다. 평소에 좋아하던 활짝 핀 민들레 때문에 기분이 좋아져 그랬는지 알 수 없지만 어떤 날보다도 눈빛이 초롱초롱했다. 백내장 수술 후유증으로 신호등이 번져 보인다고 했던 것 같은데 그날만큼은 그렇지 않았던 모양이다. 엄마가 내 뒤에서 무르팍에 두 손을 받치고 서 있는 동안 손가락 한 마디만 한 청개구리가 튀어 나와 저보다 두 배는 커 보이는 참개구리의 노란 줄무늬 등 위로 풀쩍 뛰어 올랐다. 밑에 깔린 참개구리는 놀랍지도 않은지 청개구리를 등에 업은 채로 호수 쪽으로 점프를 했다. 한 번 움직일 때마다 15센티 정도씩 뛰었다 잠깐 쉬고 또 움직이고 그랬는데 청개구리는 밥풀떼기만 한 작고 하얀 뒷발을 참개구리 옆구리에 딱 붙인 채 가끔 제 눈을 앞발로 문질러댔다. 엄마는 녀석과 눈을 맞추려는 듯 고개를 갸웃하다 두 손으로 깍지를 끼고는 혀를 내밀었다. 신기한 모양이었다. 그러다가도 엄마는 또 금세 물결에 쓸려 살랑거리는 민들레 꽃대와 꽃잎을 보

프랑스 말로는 코아코아

며 나한테 보라는 듯 손가락으로 가리켰다. 나는 엄마가 더 자세히 볼 수 있도록 손전등 어플을 켜 주위를 밝혔다. 한 뿌리에서 나온 노란 민들레꽃 세 송이가 물결에 흔들리고 늘어진 잎사귀는 물에 젖어 더욱 푸르게 보였다. 나도 흔들리는 꽃대를 잠시 바라보았다. 해는 우리 등 뒤로 넘어가고 물결은 얕은 도랑을 흘러 갈대밭 쪽으로 스며들어갔다.

엄마는 시선을 한 곳에 오래 두지 못했다. 눈앞의 개구리를 보는 것 같다가도 금세 푸른 등줄기를 한 여치에게로 시선을 돌렸고 그러다 물을 따라 흐르는 민들레 꽃잎에 주의를 기울였다. 딴 사람 같았다. 반숙을 좋아하는 아들을 위해 노른자 익는 걸 지켜보고 있거나 베란다 바닥을 쓸거나 옥상 장독을 닦는 일이 아닌, 쓸데없는 일에 관심을 보이고 있었다. 아무짝에도 쓸모없는 그런 일들에 대해. 처음 보는 엄마의 모습이었다.

장례식에 쓰인 영정사진을 보면서 누나도 그런 말을 한 적이 있다. 현규야, 엄마 사진 좀 이상하지 않니? 뭐가? 환하게 잘 나오긴 했는데 눈에 초점이, 글쎄 잘은 모르겠는데 노인정에서 단체로 찍으러 가서 그런지 사진사가 꼼꼼하게 봐준 거 같지는 않네. 사진 속 엄마의 표정은 먼 곳을 향해 있었다. 표정이 밝아 보이기는 했지만 그러면서도 넋이 나간 듯 한 느낌을 주었다. 어쩌면 한 번도 가보지 못한 곳에 눈길을 주고 있는 것 같아 보이기도 했고 입에는 말주머니가 한 가득 들어 있는 것만 같았다.

엄마가 생전 가보지 못한, 하지만 한 번 쯤 가보고 싶었던 곳은 어디였을까? 나는 앵두가 담겨 있는 비닐봉투를 들어 조금 덜 무른 앵두 하나를 집어 든다. 완전히 문드러지진 않았지만 그날 공원에서 맡았던 향에 비할 수는 없다. 우여곡절 끝에 개구리 울음을 녹음한 뒤 집으로 돌아가는 중이었다. 옆에서 조용히 걷던 엄마가 갑자기 잔디밭으로 뛰어 들어갔다. 얼른 나오라고 손짓했지만 엄마는 들은 척도 하지 않고 어깨까지 자란 나뭇가지를 이리저리 들추기 시작했다. 누가 볼까 뒤따라가 엄마의 어깨를 붙들었다.

엄마, 여기 잔디밭에 들어가지 말라고 쓰여 있잖아.

엄마는 대답대신 손을 펴 앵두를 보여주었다.

이거 뭐 하려고? 아직 익지도 않은 것 같은데.

고집을 부리는 엄마를 끌어내기 위해 실랑이를 벌이다 옆 나무에서 뻗어 나온 가지를 건드렸다. 굽은 나뭇가지가 탄성에 의해 흔들리자 흐드러지게 피어 있던 꽃잎이 공중으로 흘날렸다. 처음 보는 꽃이었는데 끄트머리에 복슬복슬한 술이 달린 부채를 활짝 펼쳐 놓은 것 같은 모습이었다. 그중 하나가 엄마의 머리 위로 내려앉았다. 자세히 보니 아랫부분은 하얗고 위로 갈수록 분홍빛이 짙어지는 생김새였다. 나무 밑 푯말에는 자귀나무라고 적혀 있었다. 엄마는 자기 정수리에 자귀꽃이 얹힌 줄도 모르고 앵두에 정신이 팔려 바삐 손을 움직였다. 엄마가 움직일 때마다 자귀꽃 또한 바람에 살랑이며 꼬물거렸다. 수십개의 가늘고 긴 수술과 중앙의 노란 암술이 꼬물거리는 게 마치 살아 있는 듯 보였다.

엄마 이제 가요. 많이 땄잖아. 그리고 이런 거 좀 욕심내지

마. 마트가면 삼천 원도 안하겠네. 엄마는 대꾸도 않고 손에 들린 앵두를 주머니에 넣고는 낮은 울타리를 천천히 넘었다. 내가 뭐라 하든 말든 관심도 없다는 듯 살짝 웃는 것도 같았다. 난 그런 엄마가 못마땅해 머리 위에 붙은 자귀꽃을 떼 주지 않았다. 머리에 꽃이 붙은 지도 모르는 엄마는 저리던 무릎이 조금 수월해졌는지 얼마 지나지 않아서는 나보다 앞서 걸었다. 공원은 더 한적해졌고 초여름 해도 기울기 시작해 가로등에 불이 들어왔다. 엄마는 저만치 걷다가 가로등 밑에 서서 주머니 속 앵두를 꺼내 불빛에 살펴보았다. 썩은 걸 골라내는 것 같기도, 빛깔이 고운 것을 찾고 있는 것 같기도 했다. 그러다 바람이 불어 엄마 머리 위에 붙어 있던 자귀꽃이 호수 쪽으로 날렸다. 꽃잎은 곧장 떨어지지 않고 내려앉다 솟구치기를 반복하며 제법 멀리 날아갔다.

잔잔하던 호수에도 바람이 불었다. 호수에 비친 붉은 노을이 동심원을 그리며 일렁였고 엄마가 입고 있던 얇은 봄잠바 사이로 바람이 파고들어 부하게 부풀어 올랐다. 발목까지 내려온 깡총한 남색 바짓단 역시 금방이라도 공중에 뛰어 오를 것처럼 부들거렸다. 바람은 점점 거칠어져 바짓단이 발목에 부딪히는 소리가 파르바바 파르바바 울렸다. 150센티가 겨우 넘는 키의 엄마 얼굴은 노을빛에 묻혀 어디서 불쑥 튀어나온 작은 여자애처럼 보였다. 늙은 듯 늙지 않은 여자애, 그 여자애는 먼 바람을 타고 곧 멀리멀리 날아갈 것 같이 묘한 미소를 지었다. 바람 때문에 눈꺼풀이 간지러운지 엄마가 고개를 숙이고 눈을 비볐다. 그러는 동안 더욱 세찬 바람이 불어왔다. 엄마는 잠깐 휘청이는가 싶더니 다시 고쳐 서서는 앵두를 바라보았다. 나는 길가의 돌멩이를 주워 호수를 향해 물수제비를 떴다. 하나 둘 셋 넷 일곱 여덟……. 엄마는 물수제비가 얼마나 멀리까지 가는지 지켜보다 다시 걷기 시작했다. 앞서 걷던 엄마는 뒤돌아보며 내게 고개를 끄덕여 보이기도 했다. 무슨 뜻인지 알 수 없었지만 어쩐지 기분이 좋아 보였다. 엄마는 공원을 가로지르는 샛길 대신에 멀리 돌아가는 길을 택했고 중간중간 덤불 밑에 숨어 있는 고양이나 개를 보려고 허리를 구부려 밑을 살피기도 했는데 나 역시 그런 엄마를 갸우뚱한 모습으로 바라보았다.

담배를 사러 집을 나선다. 집 밖에 나와 바라보니 30년도 넘은 빌라의 담벼락이 조금씩 금이 가 있는 게 보인다. 3층짜리 건물 여섯 개가 모여 있는 작은 빌라 촌의 입구에 서서 큰길로 나가는 길가에 심어져 있는 느티나무를 바라본다. 그 옆 세탁소 앞에 있는 평상 밑에 고양이 한 마리가 웅크리고 있다. 이 동네에는 길냥이도 유기견도 제법 많은 편이다. 사람들은 녀석들을 쫓거나 그렇다고 거둬 먹이지도 않는다. 우리가 공원에서 집으로 돌아오던 길에도 유기견 한 마리가 있었다. 아니 그 녀석은 우리를 따라오는 듯했다. 신호등을 건너 동네 초입으로 들어서는데 엄마가 뒤를 돌아보며 또 웃었다. 치매 끼가 있는 건가 싶어 걱정이 돼 물었다.

엄마 왜 그래. 왜 아까부터 자꾸 웃어?

아 쟤가 따라오니까 그러지.

누구?

엄마가 가리킨 곳에는 먼지를 뒤집어 쓴 하얀 스피츠 한마리가 보였다. 아직 덜 자란 것 같은 체구에 주둥이 주변이 시커멓게 물든 개가 어깨를 살짝 내린 채 우리를 바라보고 있었다. 엄마 말로는 공원에서부터 따라오는 중이라고 했다.

진짜? 몰랐네. 근데 왜 쫓아온대?

아, 나도 모르지.

엄마는 모른다고 했지만 실은 알고 있는 것처럼 녀석에게 눈길을 보냈다. 녀석도 엄마를 향해 꼬리를 흔들고는 혀를 내밀었다. 서로 아는 사인가? 동네 슈퍼에 들러 오이랑 두부를 사서 나올 때까지 녀석은 우리를 기다려주었다. 엄마는 빌라로 들어가는 입구에 서서 다시 강아지를 돌아봤다. 쟤는 주인이 없나? 지나가는 투로 엄마가 말했다. 그럼 주인이 있는 애로 보여? 꼴이 저런대? 강아지에게 관심을 보이는 엄마가 낯설게 느껴졌다. 엄마는 동물을 싫어하진 않았어도 기르는 걸 좋아하는 사람은 아니었다. 자신이 닭띠라서 개하고는 상극이라 말한 적도 있었다. 그 때문에 어렸을 적 강아지를 키우고 싶어 했던 나는 번번이 기회를 놓치고는 했다. 엄마는 빌라 안으로 들어가려다가 다시 한 번 뒤를 돌아 녀석과 눈을 마주쳤다.

엄마, 왜 그래? 데려다 키우고 싶어서 그래? 행여 그런 생각하지도 마. 엄마가 어떻게 개를 키워. 아 알지. 못 기르지, 나도 알지. 불쌍해서 보는 거지 뭐. 니들이라도 집에 있으면 몰라도 내가 혼자서는 못 기르지. 근데 엄마 이상하네. 털 날린다고 질색하던 사람이 웬일이래. 녀석은 우리 얘기를 다 듣고 있다는 듯 귀를 쫑긋 세웠다 내렸다 하면서 제자리를 몇 번 돌았다. 엄마는 녀석을 키우고 싶었던 걸까? 알 수 없다.

마루 밑에 있던 고양이가 하품을 늘어지게 하더니 기어 나와 근처의 초등학교로 걸어간다. 슈퍼에 들러 담배와 생수를 사고 나와 다시 집을 향해 걷는다. 세탁소를 지나며 마루 밑을 보니 이번에는 강아지가 누워 있다. 엄마와 함께 만났던 그 녀석인가 싶다. 마루 옆에는 조금 전까지도 없었던 그릇이 놓여 있다. 누군가 갖다 놓은 모양이다. 나는 생수를 따 그릇에 부어주었다. 그러고는 멀찍이 떨어져서 돌아보자 녀석이 물을 마시지는 않고 날 바라본다. 혹시 엄마를 생각하고 있니?

현관문을 열고 집에 들어서자 노을이 소파 앞까지 늘어져 있다. 엄마가 늘 앉던 곳에 허리를 기대고 앉는다. 얼마나 오랜 세월이 흘렀는지 소파가 움푹 들어가 있다. 몸을 기댄 채 거실에 앉아 사방을 둘러본다. 베란다에 있는 먼지투성이 보일러 위에는 늙은 호박이 소쿠리에 담겨 있다. 파리가 빙빙 돌고 있지만 파리를 쫓을 사람은 없다. 자리에서 일어나 활짝 열린 창밖으로 고개를 내민다. 오후 6시가 넘은 여름 공기는 어딘가 게으르다. 축축이 젖은 휴지처럼 몸을 무겁게 한다. 머릿속의 기억도 노곤히 젖어 든다. 바로 얼마 전의 일도 옛날 일만 같다.

여자 친구에게서 톡이 왔다. 학교 일정이 바빠 둘째 날에 얼굴만 비치고 돌아간 게 마음에 걸린다고 쓰여 있다. 나는 괜찮다는 메시지를 적다 말고 스크롤을 올려 얼마 전에 전해주었던 개구리 울음 파일을 찾는다. 중간 중간 실패한 것까지 포함해 여덟 개가 넘는 파일이 차례로 올려져 있다. 그중 하나를 플레이 시키고 눈을 감는다.

자리를 잡느라 풀숲을 헤치는 내 발자국 소리 사이로 희미하게 물 흐르는 소리가 들린다. 개구리들이 폴짝 뛰는 소리, 왕매미 울음소리도 섞여 있다. 얼마쯤 지나자 한 녀석이 울기 시작하고 곧이어 수 십 마리의 개구리 떼가 일제히 울음주머니를 문지르며 울어댄다.

진짜 그렇다니까. 미국에서는 '리빗리빗' 운다고 하고 또 중국에서는 '꽈꽈' 운다고 말한다니까. 암튼 그래. 정말로 우리나라사람들만 개굴개굴이라고 한다고. 아니 왜, 사람 말을 못 믿어!

어째 그렇대? 개구리 우는 소리는 다 똑같은데?

나도 모르지. 그리고 짝짓기 할 때만 물에서 살고 청개구리는 원래 나무 위에서 살아. 엄마는 시골에서 자랐으면서 그런 것도 모르고 있네.

개구리가 나무에서 살아?

내 곁에 서 있던 엄마, 녹음 된 엄마의 목소리는 정말 신기한 걸 알게 됐다는 듯 잔뜩 흥분해 있다. 엄마는 그 외에도 궁금한 게 많은지 이런 저런 얘길 한다. 나무 위에서 뭘 먹고살고 또 어떤 나무에서 사느냐고. 나는 엄마를 골려주려 생각나는 대로 거짓말을 하고 있다. 애벌레나 진드기 같은 걸 먹고 주로 참나무처럼 키가 크고 줄기가 맨들맨들한 활엽수 위에서 이슬을 마시면서 살아간다고. 엄마는 내 얘기를 가만히 듣고 있다 정말로 그런 것 같다는 듯 응, 하고 답한다. 그러고는 다시 묻는다. 그럼 낮에는 어디서 산대? 살아있을 적의 엄마 목소리가 내게 말을 건다. 지금은 없는, 언제고 내 곁에 있었던 사람의 목소리. 베란다 창으로 저녁 바람이 불어온다.

엄마! 주무셔? 아무리 어깨를 흔들어도 엄마는 대답하지 않았다. 엄마의 콧구멍에 손을 댄 후에 떨리는 손으로 진물이 맺힌 눈꺼풀을 들어 올렸다. 나는 세상에서 제일 무거운 눈꺼풀을 제자리에 덮어 주고 주저앉았다.

의사는 말했다. 잠을 자듯 편안했을 거라고. 유족을 위한 배려였는지는 몰라도 실제로 엄마가 누워 있던 자리에 몸부림의 흔적 같은 건 없었다. 소파에 등을 기대어 있다 옆으로 푹 쓰러진 사람처럼 다리는 앞을 향해 뻗어있고 몸은 옆으로 누워 있었다. 그리고 왼손 근처에는 리모컨이 뒹굴고 있었다. 그나마 날이 습하지 않고 직사광선이 뻗치는 곳이 아니어서 다행인지 몰랐다.

엄마에게 잠이 바로 왔을까. 아니면 어두운 천장을 올려다보다 잠에 들었을까. 알 수 없다. 마지막에 무엇을 봤을까? 베란다 창밖으로는 감나무와 교회 첨탑이 보이고 바로 앞 동 3층에는 아무도 살고 있지 않으니 불이 켜져 있지 않았을 것이다. 엄마는 어둠 속에서 무슨 생각을 하며 잠에 들었을까? 엄마가 죽은 금요일 밤에는 비가 내린 걸로 알고 있다. 창틈에 물때가 낀 걸로 봐서 실제로 비가 왔던 것 같다. 텃밭에 비가 내린다고 좋아했을 텐데 엄마가 그 빗소리를 들었을까. 창을 열어 손을 내 밀고는 그 촉촉한 빗방울을 느꼈을까? 봄비를 좋아했던 엄마였다.

　　　　　　　　　　　　프랑스 말로는 코아코아

나도 엄마처럼 옆으로 드러누워 천장을 올려 본다. 차라리 잠이라도 왔으면, 하고 자세를 잡아 보지만 혼자 드는 잠은 언제나 고독하다. 이제는 어둠으로 들어차는 거실을 바라본다. 희미한 음영 속에 냉장고와 식탁 그리고 얼마 전에 누나가 사다 놓은 오븐과 손잡이가 떨어져 나간 싱크대가 보인다. 일흔 아홉의 여자는 컴컴한 어둠 속에서 무엇을 보았을까. 어쩌면 거실 너머 다른 것을 보고 있었는지도 모른다. 회오리바람에 날아간 어느 소녀처럼 엄마도 신기한 세상을 꿈꿔봤을까?

엄마 핸드폰의 마지막 기록은 저녁 7시 24분, 실제로 상대방과 통화는 이루어 지지 않았다. 같은 시간 내 핸드폰 부재중 명단에도 '박여사' 라고 적힌 이름이 들어 있다. 그때 나는 여자 친구와 통화중이어서 엄마의 전화를 받지 못했다. 그 뒤로도 바쁜 일이 생겨 엄마에게 전화하지 못했다. 그날 뭐가 궁금해 아들에게 전화를 걸었던 걸까. 참개구리는 어디서 사느냐고 묻고 싶었는지 모르겠다. 다시금 그날이 떠오른다.

왜? 앵두가 싫어?

아니 싫어서가 아니라... 암튼 엄마 이런 거 따지 마. 사람들한테 욕먹어.

알았어. 안 딸게. 엄마는 대답을 하고는 잘 익은 앵두 몇 개를 골라 내게 건넸다. 엄마에게 받아 든 앵두를 살짝 깨물자 시큼한 물이 혀 안쪽으로 스며들었다. 눈살이 찌푸려졌다. 엄마는 웃고 있다.

먹을 만해?

아 몰라. 엄청 셔.

엄마의 자글자글한 주름이 웃고 있다. 엄마가 다시 앞서 걷기 시작하고 나는 녹음한 개구리 울음을 플레이 시키고는 걸었다. 그러다 한참을 걸어가던 엄마가 돌아서서 물었다.

또 뭐라고 한다고?

무슨 말이야 다짜고짜 뭐냐니.

외국에서는 뭐라고 한다매. 개구리 울음소리.

아유, 엄마가 그거 알아서 뭐하게.

집으로 가는 길에 엄마는 그랬다. 소파에 기대 우두커니 있으면 졸음이 쏟아지는데 막상 누우면 잠이 달아난다고. 잠이 안 오면 뭐 하느냐고 물었더니 엄마는 천장을 본다고 했다. 시끄러워서 TV는 켜놓기만 하고 볼륨을 제로로 해 놓을 때가 있다고. 나도 가끔 그럴 때가 있다고 하니까 다 그렇지 뭐, 하면서 엄마가 또 엷게 웃었다.

노을마저 물러가고 바닥에 누운 내 얼굴 위로 어둠이 이불처럼 덮여 온다. 희미하게 스러져 가는 노을을 느끼며 두 팔을 들어 내 몸을 감싼다. 부풀어 오른 입술이 반쯤 벌어진다. 골목 어귀에서는 개 짖는 소리가 들린다. 감은 눈을 한 번 더 감고 엄마에게 답을 한다. 프랑스말로는 '코아코아'라고.

꿈을 잘 꾸는 타입은 아니다. 꿈에 의미를 부여하는 성격은 더더욱 아니고. 그런데 소설가라는 타이틀(그리 중요한 건 아니지만)을 얻고 얼마 지나지 않았을 때, 이상한 꿈을 꾼 적이 있다. ㄱ, ㄴ, ㄷ, ㄹ, ㅁ, ㅂ…… 한글의 자·모음들이 살아 있는 존재라도 된 양 날벌레처럼 날아다니다 입을 벌린 채 낮잠을 자고 있는 내 입 안으로 쏟아져 들어오는 꿈을. 마치 이웃집 토토로에 나왔던 검정 숯댕이들이 쏜살같이 움직였던 것처럼.

어렸을 때부터 쓰는 것을 좋아했다. 나란 인간은 쓰는 것 자체를 즐기는 편인지 쓰다 보면 애초의 의도에서 벗어나는 경우도 부지기수다. 그래서 서사가 엉뚱한 곳으로 흐를 때가 참 많다. 그렇게 정신없이 뭔가를 쓰다 보면 내 글 속의 활자들이 배와 가슴을 가득 채우는 느낌이 들 때가 있다. 아마 그런 생각 때문에 이상한 꿈을 꾸게 됐는지도 모르겠다. 정말로 글을 통해 배와 가슴을 가득 채울 수 있는, 밥 먹고 살 수 있는 전업 작가 되는 것이 꿈이지만 전업 작가가 될 수 있든 그렇지 못하든 글을 통해 먹고살아야만 할 것 같다. 그것이 나의 소망이자 나의 타고난 것이려니 생각한다.

puntaarenas21@naver.com

‘죽음’을 주제로 한 작품에 대해 생각하다 어머니의 죽음, 고독사에 대해 생각해 보게 됐다. 그녀는 실제로 대전에서 독거 생활을 하고 있으며 저녁이면 홀로 상을 차려 밥을 먹고 밤이 되면 오지 않는 잠을 청하다 손에 리모컨을 쥔 채 잠이 들곤 한다. 어느 날 본가에 내려가 현관문을 열었을 때, 막 거실 창을 통해 저물어가는 저녁 빛이 그녀의 허리춤에 이른 장면을 마주한 적이 있다. 그녀의 얼굴은 곤한 듯 쓸쓸해 보였고 사과를 깎아 먹고 있었는지 무릎께에는 다과상 위에 먹다 남은 사과와 과도, 사과껍질이 널려 있었다.

나는 그녀를 깨우지 않고 한참을 바라보았다. 우두커니 신발장 앞에 선 채로…… . 40년 넘게 보아 온 그녀의 얼굴이, 그녀의 몸이 낯설게 느껴졌기 때문일까? 얼마쯤 지나지 않아 노을은 그녀의 가슴께로 올라왔고 조금 더 있자 그녀의 얼굴을 완전히 덮어버렸다. 나는 붉은빛에 잠긴 그녀를 오래 바라보았다. 노을이 스러져버리고 끝내는 어둠이 그녀를 온전히 덮고 나서도 한참 동안이나.

현관문을 열고 밖으로 나가 잠시 걸었고 돌아오는 길에 엄마가 좋아하는 방울토마토와 참외를 샀다. 집에 왔을 때 엄마는 깨어 있었다. 거실도 깨끗이 치워져 있었다. 엄마는 나를 보며 왜 말도 없이 왔냐고 물었고, 나는 그렇게 됐다고 답하고는 손에 든 과일을 건넸다.

거실 불이 훤했지만 그녀의 이마와 눈가는 여전히 짙은 어둠에 덮여 있는 것만 같았다.

굽다리 요강

김주욱

굽다리 요강

트렁크를 챙겨 김포국제공항으로 갔다. 김해공항으로 가는 항공편 시간이 많이 남아서 공항을 산책했다. 국제선 터미널 탑승장으로 가는 길은 어두웠다. 센서로 작동하는 평지 에스컬레이터를 타기가 미안해서 그냥 걸었다. 코로나19 펜데믹 상황이라 2층 탑승장에는 승객이 한 명도 없었다. 다행히 천장 일부 조명과 이정표 그리고 기둥의 광고판에는 불이 들어와 있었다. 텅 빈 공항의 분위기는 하루의 업무를 끝내고 정리한 모습 같기도 하고 아침에 문을 열고 승객을 맞이하는 모습 같기도 했다. 3층 출국장으로 올라갔다. 보안검색대 입구 벽에 붙은 커다란 출국 사인이 주변을 환하게 밝히고 있었다. 아마 출국하는 항공기가 없어도 조명 일부는 밝혀 놓는 듯했다. 출국장 홀에는 거대한 백자가 놓여 있었다. 천장 조명을 받은 거대한 백자 항아리가 더 위엄 있어 보였다. 조선백자의 진수로 꼽히는 달항아리를 형상화한 폭 10m, 높이 10.4m 크기의 조형물 앞으로 다가갔다. 달항아리를 보자 어린 시절 할머니의 요강이 생각났다. 나는 죽어가는 할머니를 모른 척했고 할머니가 죽자 요강을 몰래 가져다 버렸다. 그 요강은 신라시대 굽다리 항아리 모조품이라서 백자가 아니라 흙빛이었다. 그런데도 이미지가 서로 연결되는 게 이상했다. 달항아리를 한참 바라보자 조명 때문에 거대한 백자의 절반이 엷은 흙빛으로 변했다. 백자 둘레를 반 바퀴 돌자 출국 보안검색대가 보였다. 비상구 같은 그곳 불빛만 유난히 밝아 황천길 가는 입구 같았다. 텅 빈 출국장을 천천히 돌아보고 국내선 터미널로 갔다.

국내선 터미널 셀프 체크인 기기 위에는 김포공항이 국제공항협의회 보건 인증을 획득했다는 내용과 해외입국자 국내선 이용 제한에 관해 설명이 쓰여 있었다. 위층으로 올라가자 항공기 출발을 알리는 전광판에 항공편들이 빼곡하게 올라와 있었다. 보안검색대를 지나는 승객들의 발걸음은 가벼웠다. 공항 청사 경사진 천정에서 내리쬐는 별빛 같은 조명이 대리석 바닥에 반사되어 공항 전체가 화려한 무대 같았다. 한 층 더 올라가 식당가에서 승객들을 내려다보다가 옥상 전망대로 나갔다. 활주로가 훤히 내려다보이는 그곳엔 철망 울타리가 높게 세워져 있어서 확 트인 공간임에도 갇혀있는 느낌이었다.

젊었을 때부터 재미있는 일을 하며 돈은 적당히 벌고 싶었다. 이혼하고 다니던 공연기획사를 그만두었다. 사진기와 노트북을 들고 해외여행을 다니며 현지의 느낌이 생생한 글을 올리는 유랑 블로그를 시작하려 하자 유투브 세상이 되었다. 유투버 되기 강좌를 무턱대고 수강하니 배워야 할 게 많아 포기했다. 그냥 블로그를 시작하고 2년 전에 다녀왔던 일본 여행기부터 시작했다. 그즈음 인터넷에 떠도는 행복한 노마드적인 삶은 다 거짓말이고 무언가를 연결해 팔려는 마케팅에 불과하다는 노마드인들의 고백이 불거져 나오기 시작했다. 공감하면서도 나는 잘 할 수 있을 거라는 자신감을 가졌으나 얼마 지나지 않아 코로나19에 의한 펜데믹 상황이 펼쳐지고 말았다. 꼼짝없이 집에서 방바닥과 천장에 세계지도를 그리고 내가 세상의 중심이 된 노마드적인 삶을 꿈꾸었다.

철망 울타리 앞에 앉아 항공기가 이륙하는 장면을 허망하게 바라봤다. 공항 분위기를 느끼면서 해외여행을 상상하려 했는데 영 기분이 나지 않았다. 중년을 넘기면서 상상력이 점점 떨어졌다. 어렸을 때 황룡사지 사찰 터에 가면 흔적도 없이 사라진 무려 80m나 되는 9층 목탑의 웅장한 모습이 선명하게 그려지곤 했다. 이번에 다시 가볼 작정이다. 해가 지자 철망 너머로 붉은 노을이 퍼졌고 전망대 철망 울타리를 따라 이어진 조명이 켜졌다. 조금은 낭만적인 풍경으로 변한 전망대에서 내려와 김해공항으로 가는 항공기에 탑승했다. 언제부터인가 고향은 떠나고 싶은 곳에서 돌아가고 싶은 곳으로 변했다.

늦잠을 자고 일어났다. 점점 말라 꼬부라지는 팔십 대 중반의 어머니가 음식을 만들고 있었다. 어머니가 순식간에 팍삭 늙은 것 같아 마음이 아팠다. 어머니는 명절 음식 만드는 습관이 작동하여 전을 부치고 나물을 무치고 쇠고기뭇국을 끓이고 고기를 구웠다. 싱크대에 온통 흩뿌려진 밀가루 천지였다. 어머니 뒤에 바짝 붙어 행주로 싱크대에 떨어진 밀가루를 닦고 간간이 설거지했다. 명절 음식 몇 가지 하는데 주방은 온통 난리였다. 어머니는 손에 힘이 없어 무거운 것을 들지 못한다. 손도 떨려 뒤집개도 불편한지 뜨거운 전을 손으로 뒤집었다. 보다 못한 내가 달려들었지만, 어머니는 뭐든 직접 해야 직성이 풀렸다. 명절 음식은 특히 손이 많이 간다.

점심 준비가 끝나고 어머니와 아버지, 나 이렇게 셋이 식탁에 앉았다. 우리집은 어머니가 아파서 쓰러졌던 몇 년 전에 제사와 명절 모임을 없앴다. 어머니는 아쉬운지 명절마다 차례상에 올렸던 음식 한두 가지는 해 먹었다. 명절이 사라진 집에 명절음식은 죽지 않고 살아있는 셈이다. 음식 재료를 냉장고에 미리 사두어서 그런지 다 퍽퍽하고 질겼다. 누나가 홈쇼핑에서 사서 보낸 엘에이 갈비마저 질겨 노부모는 먹지 못했다. 나는 만드는 과정이 제일 요란했던 명태전을 한입 베어 물며 말했다.

"이런 거 먹고 싶으면 시장에서 사다 먹으면 되잖아?"

"어서 먹어라."

어머니는 명태전 접시를 내 쪽으로 밀었다. 구십에 가까운 아버지는 소처럼 묵묵하게 되새김질하다 동태전 몇 점을 집어 자기 밥그릇에 놓았다. 내가 다 먹을까 봐 그랬는지 손을 뻗기가 귀찮아서 그랬는지 알 수 없었다. 순간 모든 걸 정리하고 집에 들어와야겠다는 생각이 달아나고 말았다.

   굽다리 요강

명절 음식은 조금만 먹어도 헛배가 불렀다. 처가에 가면 먹지 않아도 헛배가 불렀다. 중년이 되어서 결혼을 했고 몇 년 살지 못하고 이혼했다. 주위 사람들은 왜 이혼했는지 궁금해했다. 내 입장을 합리화해서 사람들에게 설명했지만 그들의 궁금증을 해결해 주지 못했다. 이혼은 마치 가랑비처럼 젖어 든 복합적인 요인이 어느 순간 발화하여 걷잡을 수 없이 타들어 가는 과정이었다. 지금 생각해보면 가장 큰 원인은 물건을 버리려는 자와 모아 두려는 자의 갈등이었다. 계속 정리하고 버려야 속이 시원한 나와 웬만해선 바꾸지 않고 모아 두는 전처와 사사건건 부딪치며 영역 다툼을 일삼았다. 주거 공간이 작은 것도 원인 중 하나였다. 일상에서 개인은 5평 정도의 사적 공간이 절대적으로 필요하다. 그 절대 공간이 없으면 정신적인 휴식을 취할 수 없으므로 스트레스가 쌓인다. 오랫동안 혼자 살았던 습성에 절대 공간은 더욱 필요한 요소였다. 전처는 이것을 이해하지 못하고 내 공간을 함부로 침범하고 자기 물건을 쌓아두었다. 나는 결국 결혼 생활을 통째로 버리기로 했다. 이혼하자 옷장을 정리한 기분이었다. 안 입을 옷을 가려내서 버릴 때 아깝지 않았다. 버리지 않으면 삶의 옷장이 안 입는 옷으로 빼곡하게 채워질 것 같았다.

설거지하고 수납장을 열어보니 자잘한 반찬통이 가득 차 있었고 안쪽에 토기가 보였다. 신라시대 토기를 모방하여 만든 뚜껑이 있는 도자기였다. 약간 황톳빛에 질은 녹색이 살짝 돌아 때가 잔뜩 낀 느낌이었다. 어릴 적 찬장에 자리를 차지하고 있었던 도자기였다. 반찬통을 들어내고 대접만 한 굽다리 항아리를 끄집어냈다. 뚜껑을 열어보았다. 우물처럼 깊었고 묵은 향기가 났다. 기억에 굽다리 항아리에 된장이, 고추장이 담겨 있었던 것 같았다. 이것보다 작은 굽다리 항아리도 있었는데 그것엔 꿀을 담았던 것 같다. 이런 굽다리 항아리가 여러 개 있었다. 그중 제일 큰 것은 밝은 흙빛이었다. 할머니는 그 굽다리 항아리를 요강으로 썼다. 나를 업어서 키웠던 할머니는 내가 초등학교에 들어가기 전 침침한 골방에서 오랜 시간 앓다가 돌아가셨다. 흙빛이 도는 요강은 항상 할머니를 지키고 있었다. 할머니는 어머니가 집에 없을 때 나를 불러 의지한 채 용변을 보기 위해 힘겹게 요강에 앉았다. 할머니는 내가 번쩍 들어 올릴 수 있을 정도로 가벼웠다. 할머니가 돌아가시면 제일 먼저 요강을 버려야겠다고 생각했다. 요강은 할머니와 함께 사라져야 하는 존재였다. 어머니가 아픈 할머니 때문에 힘들어할 때부터 그런 생각을 했다. 쪽 찐 머리가 풀어진 할머니가 나를 힘없이 부르는 소리가 들렸다. 용변을 보기 위해 나를 부르는 다 죽어가는 목소리였다. 나는 냄새나는 그 방에 들어가기 싫어 가까이 있어도 못 들은 척하곤 했다. 그러면 할머니는 어김없이 누워서 볼일을 보고 밀었다. 할머니는 외출했다 돌아온 어머니 앞에서 요강을 엎어버렸다. 어머니는 방바닥에 퍼질러진 똥오줌을 말없이 치웠다. 그게 싫어 할머니의 부름에 바로 달려가려 해도 몸이 말을 듣지 않았다. 구석진 할머니 방은 어두컴컴했고 마당의 햇빛은 눈부셨다. 마루에 혼자 있으면 삶과 죽음의 경계에 서 있는 기분이었다.

할머니가 돌아가시고 나서 벽장에 보관해 두었던 요강을 몰래 들고 나가 형상강 동대교 부근 천변에 버렸다. 산에 올라가 파묻을까도 생각했지만 서천에서 요강이 깨끗하게 씻긴 다음 멀리 흘러가길 바랐다. 서천은 항상 강물이 힘차게 흘렀기 때문에 요강 정도는 쉽게 떠내려갈 줄 알았다. 얼마 지나지 않아 아버지가 요강을 찾느라 집안이 발칵 뒤집혔다. 어머니가 할머니의 유품을 갖다버린 용의자가 되었을 때 나는 큰 범죄를 저지른 것 같아 무서웠다. 아버지는 어머니의 소행으로 단정 짓고 부부싸움 끝에 처음으로 어머니에게 손찌검했다. 왜 아버지가 요강 하나 때문에 그렇게 화를 냈는지 알 수 없었다. 세월이 흐르는 동안 뚜껑 있는 굽다리 항아리는 하나만 남았지만 거실 장식장엔 놓이지 못했다. 그것은 평생 열심히 일했지만 나이 들어 성격 때문에 가족들에게 대접을 못 받는 아버지 같았다. 굽다리 항아리를 수납장에 밀어 넣고 오래된 반찬통을 골라낸 다음 쓰레기 봉지에 담아 두었다.

어머니는 점심을 먹고 아파트 베란다에 앉아 손을 움츠린 채 먼 산을 바라봤다.

"오늘 같은 날엔 친구들과 금오봉에 올라 평평한 바위에 돗자리 깔고 도시락 까먹고 누워 실컷 수다 떨었지."

어머니는 한번 쓰러진 후로 지팡이 없이 밖을 못 나가기 때문에 등산은 추억일 뿐이다. 베란다로 가서 파란 하늘을 바라보는 어머니 뒤에 섰다. 어머닌 작년만 해도 말린 산나물 같긴 했지만, 물에 불리면 제 모양을 찾을 수 있을 것 같았다. 지금은 충격을 맞으면 으스러지거나 잘못하여 불똥이 튄다면 순식간에 허연 재가 될 것 같다. 구름도 푸른빛을 머금고 있었다.

창밖으로 남산이 보이지 않아 한참 찾았다. 남산은 아파트에 가려 겨우 한 뼘만큼만 보였다. 어머니는 그 봉우리만 보고서 추억을 떠올린 것이다. 어머니는 칠십 대 초반까지 친구들과 등산을 열심히 다녔다. 주로 통일전 쪽에서 계곡을 따라 금오봉으로 가는 등산로를 좋아했다.

"남산은 지겹도록 다녔는데 뭐가 아쉬워서 그래."

"금오봉에 오르면 확 트인 시야에 가슴이 시원해져."

아파트가 더 들어선다면 어머니의 집안 시야에서 남산은 완전히 사라질 것이다. 금오봉이 보이는 풍경이 사라진다면 산에 올라 편안하게 쉬었던 어머니의 추억도 가물가물해질 것이다.

아파트에 가린 남산을 보니 나도 답답했다. 아버지가 보는 티브이 뉴스 소리도 거슬렸다. 오래된 반찬통을 골라 담은 쓰레기 봉지와 음식물 쓰레기를 갖다 버리고 와서 집안을 둘러보았다. 다용도실 구석에 병풍이 보였다. 제사 때는 붓글씨만 있는 면을, 차례를 지낼 때는 자수로 민화 같은 그림을 그린 면을 펼치고 절을 했다. 그러고 보니 버릴 게 천지였다. 특히 접어서 세워 놓은 교자상 두 개가 제일 거슬렸다. 이제는 교자상을 펴야 할 정도로 사람들이 찾아올 일이 없을 것이다. 내 삽동사니를 모아놓은 상자가 있었다. 그 안에 몇 번 신지 않은 등산화가 있었다.

금오봉에 올라가려고 옷을 갈아입는데 어머니가 노란 공단 보자기로 싼 보따리를 들고 왔다.

"선물이야. 집에 갈 때 가져가라."

크기로 봐선 곶감이나 한과 선물 세트 같았다. 보따리는 십

 굼다리 요강

자 묶음으로 야물게 묶여 있었다. 빛바랜 보자기는 수없이 묶었다 풀어졌는지 세월의 때가 묻어 있었다. 보따리를 내 방 책상에 올려놓고 등산화를 꺼내 신고 남산에 올랐다.

통일전 옆 아기자기한 고택이 모여 있는 골목을 지나 계곡을 따라 올라갔다. 서둘러 금오봉에 올라서니 숲에 가려 경주 시내가 내려다보이지 않았다. 어머니의 기억력이 뚝 떨어진 것인지 아니면 나무들이 자라 시야를 가린 것인지 알 수 없었다. 내려오면서 발견한 국사골 상사바위에서는 어릴 적 추억의 동네가 한눈에 내려다보였다. 매번 그냥 지나쳤던 지점의 풍광이 제일 좋았다. 나는 그동안 수많은 상사바위 같은 주요 지점을 놓치고 살아왔다. 상사바위 전망대에 올라섰다. 경주 시가 한눈에 들어왔다. 경주는 다른 고장과 달리 풍광의 녹색이 다채롭고 특이하다. 생생한 기운이 느껴지는 청록이 은은하게 깔린 느낌이다. 바람 한 점 없었고 아스라한 햇볕이 논과 멀리 있는 고층 아파트단지를 내리쬐고 있었다. 하늘에서 떨어진 물이 동천을 물들였는지 하늘은 맑은 파랑이었고 동천은 짙은 파랑이었다. 하늘과 산이 한 몸처럼 녹아든 평화로운 풍경을 보니 서울집 근처의 백련산이 떠올랐다.

운동화를 신고도 가볍게 오를 수 있는 백련산 정상에 이층 구조의 정자가 있다. 정자에 올라서면 동네가 한눈에 내려다보였다. 아파트와 건물들은 비 온 뒤 솟아난 버섯 같았다. 버섯 같은 아파트와 건물들이 혼란스럽게 들어차 있었다. 왼편 수색 쪽으로는 재개발이 한창이었다. 이 년만 지나면 그쪽도 하얀 버섯이 빼곡하게 들어설 것이다. 산에서 내려다본 아파트

단지는 도심 속의 섬이었다. 아파트단지가 들어서면 넓은 대로가 펼쳐지지만 섬처럼 단절된 장소가 생겼다. 산자락의 맑은 냇물과 오래된 가게와 골목의 풍경을 집어삼킨 아파트단지를 바라보니 씁쓸하다가도 아파트 시세가 오르면 즐거운 비명을 질렀다. 다행히도 경주는 함부로 개발되지 않을 것이지만 유적이나 문화재 보존 정책에는 불만이 많다. 과거 경주의 매력은 유적과 문화재가 일상과 어우러져 있었다는 점이다. 그러나 지금은 유적과 문화재가 삶과 동떨어져 전시장이나 관광지 동물원 느낌이 난다. 유적이나 문화재를 거창하게 복원하기만 하면 관광객이 몰려올 거라는 단순 발상이 유적이 많은 시내를 완전히 비워버리자는 정책으로까지 이어질 뻔했다. 어린 시절 집 근처 봉황대에 매일 친구들과 올라 놀았던 것처럼 문화재가 골목 일상에서 더불어 존재할 때가 좋았다.

체력이 예전 같지 않았다. 힘이 들어 완만한 길을 찾아 포석정 쪽으로 돌아내려 왔다. 택시를 타고 집에 돌아와 보따리를 바라봤다. 기대한 것은 현금 뭉치였다. 어머니는 나에게 비상금을 마련해 주려고 상통에 삼춰둔 상자에 오만 원짜리 현금을 모으고 있다는 말을 한 적이 있었다. 어머닌 내가 공연기획 회사를 그만두고 프리랜서 기획자로 일하기 때문에 고정 수입이 없는 현실이 불안했던지 안부 인사는 항상 똑같았다.

"요즘 밥은 제대로 먹고사냐?"

"밥은 먹고살아."

최근 주력해오던 인형극 관련 프로젝트가 거의 진행되지 않아 통장 잔고가 바닥이었다.

보따리 매듭을 풀려는데 야물게 묶여 있어 손가락에 힘이 들어가지 않았다. 마디가 굵어지고 손끝이 뭉툭해진 어머니의 힘 못 쓰는 손은 매듭을 잘 풀었는데 나는 도저히 되지 않아 매듭의 한 가닥을 볼펜으로 찔러 잡아 뽑았다. 매듭을 풀자 버터 쿠키 양철통 두 개가 찬합처럼 쌓여있었다. 빛바랜 보자기를 걷어 차곡차곡 접는데 문득 어머니가 미리 주변 정리를 시작한 것 같아 마음이 스산해졌다. 어릴 적, 보기만 해도 군침이 돌았던 쿠키 양철통 뚜껑을 열었다. 그 안에는 어머니와 함께 만든 종이 인형들이 가득 들어 있었다.

작년 겨울이었다. 창천동 다세대주택 옥탑방을 개조한 신촌 극장에서 인형극을 봤다. 신촌 기차역과 가까워 기차 지나가는 소리가 극 중 배경음악처럼 자연스러웠다. 관객 중에 중년의 아저씨는 없었다. 연인들과 여자끼리 온 관객이 대부분이었다. 괜히 사람들의 시선을 의식하면서 마치 관객이 아닌 척 극장 입구에서 멀리 떨어져 있었다. 공연 10분 전 직원을 따라 다세대주택 옥상으로 올라갔다. 인형극 포스터를 봤을 때 인형극에 대한 호기심에 더해 어떤 끌림이 나를 움직이고 있다는 것을 느꼈다. 포스터에는 줄로 인형을 조종하는 게 아니라 인형과 인형을 조종하는 배우가 같이 무대에 올라 인형과 역할 분담을 하며 이야기를 끌고 가는 옴니버스 단편 인형극이라고 소개되어 있었다.

극장에는 작은 테이블 무대가 있었고 객석은 따로 없었다. 관객들은 무대를 중심으로 둥글게 서서 관람했다. 배우가 직접 손으로 나무를 깎아 만든 인형 머리에 손잡이가 있어 배우는 그곳을 잡고 인형과 한 몸이 되어 연기했다. 인형과 배우가 같이 춤을 추듯 호흡을 맞추지만 조명이 인형만 비추기 때문에 인형을 조종하는 배우는 잘 드러나지 않았다. 인형은 주술에 걸린 사람처럼 연기했다. 꼭 내 모습을 보는 듯했다. 인형극처럼 나를 조종하는 보이지 않는 줄이 있다. 어렸을 때는 오이디푸스콤플렉스였는데 지금은 무엇인지 도통 모르겠다.

인형극 이야기는 소녀가 불이 나간 방에서 전구를 갈기 위해 힘겹게 일어나지만, 손이 닿질 않자 의자를 타고 올라가 불을 환하게 밝히고 힘이 빠져 죽는 이야기였다. 한순간을 위해 인생을 바싹 태우고 가는 여정 같았다. 나는 어렸을 때 혼자 인형극을 하며 몽상에 빠져 판타지의 세계로 넘어가곤 했다. 인형극이 나를 돌아보게 했다. 중년이 넘도록 불을 제대로 지펴 활활 타오른 적이 없었다. 어려서는 판타지를 꿈꾸며 몽상만 했지, 공부를 열심히 하지 않았다.

어머니가 선물한 첫 번째 양철통에는 마분지에 그린 그림을 가위로 오린 다음 쪼개지 않은 나무젓가락에 붙인 종이 인형들이었다. 인형이라고 말할 수 있는 것은 앞뒤 다른 모습을 그려 붙여 입체적이기 때문이다. 호랑이, 사자, 악어, 원숭이……. 동화에 등장하는 동물들은 어머니와 함께했던 인형극의 배우이자 학습교재였다. 수채물감, 사인펜, 색연필로 어머니의 그림을 따라 그리며 동물의 이름과 특성을 배웠다. 굵은 소금을 가득 채운 나무 되가 인형극의 무대였다. 종이 인형 배우들은 소금 항아리에 팻말처럼 꽂혀 동화를 재현했고 가끔은 대본 없는 즉흥 연기를 펼치기도 했다.

두 번째 양철통에 든 종이 인형들은 과일, 채소, 잡다한 사물을 표현한 그림이었다. 그 그림 사이에 접혀있던 종이를 펼치자 어렸을 때 살았던 집이 나타났다. 내가 크레파스로 바탕을 칠하고 색연필로 묘사한 슬래브 양옥집에는 꽃이 만발했다. 작약, 라일락, 개나리, 철쭉 봄의 향기가 가득했고 딸기도 잘 자랐다. 먼저 마당 잔디밭을 거닐다 뒤뜰 수돗가로 갔다. 어머니는 여기서 빨래했고, 채소를 다듬고 김장배추를 절였다. 수돗가 옆으로 연탄아궁이가 있었다. 밤이 되어 이불을 깔고 누우면 어머니는 밖으로 나가 연탄을 갈았다. 아궁이 안의 아래 연탄을 꺼내고 위에 있던 연탄을 아래에 넣고 새 연탄을 위에 올리고 구멍을 맞췄다. 시커먼 것이 들어가 허연 재가 되어 나오는 아궁이는 화장터의 가마를 연상시켰다. 화장터에는 딱 한 번 가보았다. 30년이 넘은 할머니 산소를 관리하기 힘들어 폐묘했다. 곤히 자는 사람의 이불을 걷어내듯 봉분을 걷어내자 할머니가 잠에서 깨어나 나를 불렀다. 나는 온몸에 소름이 돋았다. 잠시 후 정신을 차리자 할머니는 거의 흙으로 변해있었다. 형태가 남은 유골을 수습해 화장했다. 가마에서 나온 유골을 빻아 한지에 싼 유해를 가슴에 안았다. 겨울날 안방 아랫목에 배를 깔고 엎드렸을 때처럼 뜨거웠다.

연탄아궁이가 기름보일러로 바뀌면서 연탄이 가득 찼던 광은 잡동사니가 가득한 창고가 되었다. 귀신이 나올 것 같은 지하실이 있었지만, 그곳엔 물건을 보관할 수 없었다. 방수가 제대로 되지 않아 장마 때는 물이 무릎까지 들어찼다. 여름에는 펌프로 수시로 물을 빼야 했다. 연탄 광 위는 장독대였다. 그곳에는 옥상으로 올라가는 철재 계단이 있었다. 빨랫줄이 가로지르는 옥상 물탱크 옆 그늘엔 이끼와 잡초가 자랐고 좁은 골목에서 노는 아이들의 떠드는 소리는 해가 지고 나서야 들리지 않았다. 옥상에서 내려와 집 안으로 들어갔다. 베니어합판으로 마감한 거실 벽과 액자 틀 같은 천장의 몰딩이 공간을 나누며 이어졌다. 겨울에는 거실 한가운데 연탄난로를 놓았다. 창문으로 뺀 연통에는 빨래를 말렸고 밖에 나갔다 들어와서 꽁꽁 언 손을 연통을 만지며 녹였다. 연탄난로에는 항상 큰 주전자로 물을 끓였다. 뜨거운 물이 나오지 않았기에 물을 끓여 세수하고 머리를 감았다. 안방에 들어서면 시커메진 아랫목 장판이 거장의 추상화 같았다. 가족들은 티브이 앞에 모여 앉아 주말의 명화를 보고 있었다. 주말의 명화가 끝나면 각자 자기 방으로 갔지만 나는 내 방이 없었다. 겉으로 보기에는 잔디밭과 화초가 잘 자라는 마당이 자랑거리였지만 집이 작았다. 형과 같이 방을 써야 했기에 잦은 다툼이 있었고 공부든 놀이든 잘 집중할 수 없었다. 작은 집은 단열이 부실하여 겨울엔 춥고 여름엔 더웠고 집수리는 끝없이 이어졌다. 쪼그려 싸는 변기가 앉아 싸는 양변기로 바뀌었다. 그물 같은 창살을 걷어내고 나무 창틀이 알루미늄새시로 바뀌었다. 하지만 좁은 주거공간은 넓힐 수 없었다. 큰누나가 결혼하고 작은누나는 자기방이 생겼다. 대학을 졸업하자 작은누나가 결혼했고 드디어형과 나는 각자의 방이 생겼다.

어머니가 자질구레한 그림을 버리지 않은 이유가 궁금해졌다. 다시 종이 인형들을 하나하나 살펴보면서 정리하려고 두 번째 양철통을 책상에 뒤집었다. 맨 밑에 깔려있던 그림은 할머니의 모습이었다. 머리를 풀어 헤친 귀신같은 할머니가 이부자리에 시체처럼 누워있는 모습이 떠올랐다. 그림을 자세히 보니 수없이 많은 바늘구멍이 나 있었다. 무거운 것이 온몸을 짓누르는 것 같아서 숨이 막혔다. 나는 밤마다 주문을 외우며 굵은 바늘로 할머니를 그린 그림을 찔러대곤 했다.

다음날 일부러 시간을 내서 추억의 동네를 둘러보았다. 어린 시절 슬래브 양옥집을 찾아갔다. 추억의 집으로 가는 길을 찾아 들어갈 때 만해도 그 집은 마치 오래 기다리고 있었다는 듯이 나를 반기며 옛날이야기를 들려줄 줄 알았다. 그러나 그곳엔 아파트단지가 들어서 있었다. 아파트단지 입구가 어린 시절의 슬래브 양옥집 터로 추측되었다. 아파트 건물들은 비 온 뒤 순식간에 솟아난 버섯의 형상이었다. 오묘하고 야릇한 기운을 발산하지만, 독을 품고 있어 함부로 만져서는 안 되는 존재 같은 그런 느낌이었다. 들어선 지 얼마 되지 않아 보이는 아파트단지는 개방형이라 낮은 담장도 없었다. 외줄기 길을 따라 그 영역에 들어갔다. 화단에 벤치가 더러 있었으나 앉아 보지 못하고 그곳을 빠져나왔다. 단지 안의 사람들이 나를 경계하는 듯해서였다. 그저 아파트단지 둘레를 한 바퀴 돌다 보니 망망대해에 우뚝 솟은 작은 섬 같았다. 달려 나가지 못하고 안에서만 돌아야 하는 섬이었다. 어릴 적 추억의 집과 함께 골목길이 사라졌다는 충격은 답답함으로 이어졌다. 섬의 영역에서 벗어나 시간의 켜가 쌓인 골목길을 찾아 떠났다.

요강을 버렸던 형산강 천변으로 갔다. 시원스럽게 이어진 조깅트랙과 자전거도로를 넘어가자 억센 수풀이 무성했다. 그땐 수풀 사이로 쓰레기가 가득했다. 사람들은 못 쓰는 작은 가구를 천변에 내다 버리기도 했다. 개천가를 지날 때마다 수풀 사이로 할머니의 요강이 보였다. 요강은 일부러 흘러가지 않으려고 입에 흙을 잔뜩 집어 먹은 듯했다. 요강은 장마 때 급물살도 거뜬히 버텼다. 요강은 알고 있었다. 형과 누나들은 학교에 가고 어머니도 집에 없을 때 나는 할머니를 보살피지 않았다. 죽어가는 할머니의 냄새가 싫어 골방 가까이 가지 않았다. 목이 마른 할머니가 물을 달라고 나를 불러도 나는 못 들은 척했다. 개흙에 단단히 박혀 떠내려가지 않은 요강이 보일 때마다 시체를 유기한 살인자처럼 불안했다. 어느 해인가 장맛비에 요강이 사라지자 죄책감이 사라졌다.

집이 편한지 이튿날도 늦잠을 자고 일어났다. 어머니는 창문도 열지 않고 나물을 볶고 있었다. 거실에 기름 타는 냄새가 심했다. 오늘도 여전히 싱크대에 온통 흩뿌려진 밀가루 천지였다. 어머니는 내가 나타나자 부쳐놓은 전을 건넸다.

"명태전 맛 좀 봐라."

"또 명태전이야?"

한입에 넣기에 커서 반을 잘라 입에 넣었다. 방금 부쳤는지 따뜻했다. 맛을 보니 동태가 아니라 대구였다. 순간 어머니가 동태와 대구를 구분 못 하게 된 건 아닐까 걱정이 앞섰다.

　굽다리 요강

“맛있네! 그런데 나물을 많이 볶았네?”

“너 싸주려고.”

“나물은 금방 상하는데.”

“이런 건 팔지도 않아, 햇반 데워서 비빔밥 해 먹어.”

“알았어, 조금만 싸줘.”

어머니의 얼굴이 마른 고사리를 물에 불린 것처럼 생기가 돌았다.

점심을 먹고 싱크대 수납장 안에 있던 굽다리 항아리를 꺼냈다. 그것을 수세미로 깨끗하게 닦고 베란다 햇볕에 놓았다. 밝은 데서 보니 온통 미세한 금이 거미줄처럼 나서 유물 같았다.

“그건 뭐에 쓸려고?”

“나중에 엄마 화장하면 유골 담아 놓으려고.”

뉴스를 보던 아버지는 벌떡 일어나 굽다리 항아리를 관찰했다. 어머니는 허탈한 표정을 지었다. 나는 웃으면서 말했다.

“그게 아니라. 이거 알아보니까 골동품이었어. 팔아먹으려고.”

“너 요즘 힘들지?”

“사는 게 다 그렇지 뭐.”

아버지가 티브이를 끄고 말했다.

“예전에 당신이 갖다버린 요강 말이야. 그거 유물이었어.”

어머니가 굽다리 항아리를 만져보고 나서 말했다.

“네, 아버진 요즘 정신이 오락가락하신다.”

아버지가 혀를 끌끌 차며 말했다.

“나 어렸을 때, 집 지을 때 나온 보물이라니까.”

“보물을 요강으로 썼단 말이어요?

어머니는 나를 보고 웃었다. 나는 아버지를 보고 웃었다. 어린 시절 내가 느낀 할머니는 어머니를 괴롭히는 마녀였다. 할머니는 등이 굽어지라 나를 업어서 키웠는데 내게 왜 그런 감정이 생겼을까. 할머니 묘소를 30년간 보살폈다는 명목으로 폐묘하기로 결정했을 때 속으로 시원했다. 매년 벌초하러 다닐 필요가 없어졌기 때문이었다. 폐묘한 유해를 수습해서 화장했다. 화장터의 가마에서 나온 할머니의 뜨거운 유해를 가슴에 안고 화장장 뒤편 안식처로 갈 때 할머니에게 못되게 굴었던 기억이 떠올랐지만 애써 지웠다. 아버지는 유해를 안식처에 뿌리면서 흐느꼈다. 아버지를 보니 어머니와 아들이 나이 들어 할머니와 아버지가 되는 순환의 고리가 끊겨 홀가분하다.

보자기로 굽다리 항아리를 쌌다. 아버지의 말이 사실이라면 할머니 요강은 부른 것이 값일 것이다. 어머니가 싸 놓은 반찬을 트렁크에 챙겨 넣고 현관으로 나가는데 어머니가 따라와 흰 봉투를 건넸다.

“뭐야?”

“명절이잖아.”

어머니는 연금을 몇 달 동안 쓰지 않고 모았는지 흰 봉투는 반으로 접히지 않았다. 뜨거운 것이 울컥 복받쳐 올라왔다.

“용돈은 내가 줘가 하는데…….”

“힘들어도 밥은 거르지 마라.”

“뭐라고?”

어머니는 넋을 잃고 굽다리 항아리를 쳐다봤다.

"필요 없어!"

어머니와 나는 흰 봉투를 받지 않으려고 서로 떠밀며 실랑이했다. 나는 봉투를 바닥에 던졌다. 아버지가 바닥에 떨어진 봉투를 주었다. 어머니는 봉투를 빼앗아 내가 신발을 신는 동안 봉투를 내 손에 쥐여줬다. 내 손을 잡은 어머니는 가벼워서 잘못 밀었다간 넘어질 것 같았다. 얼마나 가벼워졌는지 어머니를 안아 보고 싶었는데 몸이 움직이지 않았다. 나는 봉투를 쥐고 집을 나왔다. 어머니가 문을 빼꼼 열고 승강기를 기다리는 나를 향해 물기 어린 손을 연신 흔들었다.

작가 소개. 김주욱

2006년 불혹의 나이에 소설 공부를 시작했다. 2014년 자전적 경험을 토대로 한 장편 소설『표절』을 시작으로 2015년 한국문화예술위원회 아르코 창작기금 선정 단편소설집『미노타우로스』, 2016년 경기문화재단 전문예술 창작지원사업 단독출판 선정 중·단편 소설집『허물』, 2017년 백산문화재단 지원 그림의 이야기와 소설의 이미지가 만나는 단편소설집『핑크몬스터』, 2020년 화가들의 삶과 대표작품을 재해석한 스마트소설집『그림이 내게 와서 소설이 되었다』, 2021년 한국문화예술위원회 아르코 문학나눔 선정 제주 4·3 항쟁의 형식적 변주를 담은 장편소설『물북소리』등을 펴냈다. 제5회 천강문학상 소설대상, 제23회 전태일 문학상을 받았다.

소설을 쓰지 않을 때는 문화예술 기획자로 일한다. 대표적인 프로젝트로 2016년 중소기업중앙회, 팟캐스트로 중소기업을 빛낸 '영웅어워즈' 문화예술부문에 선정. 2020년 서울연구원, 도시 인문학 지원 사업 선정. 2021년 한국문화예술위원회 문학주간 작가스테이지 선정 등이 있다.

joowookk@gmail.com

　몇 년 전 천년의 고도 경주를 여행했다. 소멸해가는 시간을 운명처럼 품은 유적의 도시였다. 경주가 고향인 후배는 어린 시절 친구들과 마을 뒷산에서 유적인 석상을 타고 놀았다고 한다. 지금은 유적이 현재의 삶과 어우러지는 면은 사라지고 거창하게만 복원되고 개발되었다. 관광지 느낌이 물씬 풍기지만 그래도 유적이 일상에 널려있다는 점과 바다가 가깝다는 점이 매력적이었다. 특히 실체는 사라지고 그 웅장한 터만 남아 있는 황룡사지는 상상력을 자극했다. 경주를 배경으로 했기에 유년의 트라우마를 할머니의 죽음으로 연결한 오이디푸스적 성장 이야기가 나올 수 있었다. 죽음, 산다는 것은 곧 하루하루 죽어가는 것인데 죽음의 의미도 아직 잘 모른다. 죽음 하면 떠오르는 것은 '멈춤'이다. 우리는 죽음에 이르러서야 비로소 멈춤을 맞보는 것이다. 멈추는 순간 사후세계로 가기 위해 또는 흙으로 돌아가기 위해 휴식이 시작될 것이다. 많은 사람이 살면서 꼬인 매듭을 풀기 위해 제대로 쉬어보지 못하고 죽음에 이른다. 복잡한 소용돌이 속에 묻혀 일출과 일몰의 아름다움을 느껴본 적이 몇 번 되지 않을 것이다. 멈춤이 잠시 일어났던 펜데믹 상황에서는 주어진 시간을 다르게 써보았고 가치관을 고민했던 것처럼 우리는 잠시 멈춘 채 내게 진짜 필요한 것이 무엇인지 돌아봐야 한다.

　장년이 되어 중년의 이야기를 시작했다. 중년이 되어 생물학적 신체를 덜어낸 인물들은 다시 태어난다. 젠더성에 갇히지 않은 '온전한 사람'으로 새로운 젠더 뉴트럴(genderneutral)의 삶을 결의한 인물들은 씩씩하고 솔직하다. 자신을 담가두던 영토에서 벗어나 새로운 주체성을 찾아 나서는 이야기들은 사실 나의 경험이고 희망이다.

도시에서 죽음을 맞이하고, 죽음을 목격한 사람들의 생생한 이야기
박초이

이희단 소설가의 **<오사카의 시계>**는 오사카를 여행하는 듯 생생함을 안겨준다. 촘촘한 묘사를 쫓다보면 내가 몰랐던 오사카, 새로운 오사카를 만날 수 있다. 마치 시계로 남은 그의 죽음에 동행하는 듯한 놀라운 경험. 어쩌면 우리는 모두 자신만의 시계(죽음)를 갖고 있는지도 모른다.

조유영 소설가의 **<퓨처스트림>**은 죽음을 선택할 수 있는 미래 사회를 세밀하게 포착했다. 자신의 죽음을 선택할 수 있게 된다면 사람들은 어떤 선택을 하게 될까. 시간을 붙잡아 둘 것인가? 흐르게 내 버려 둘 것인가?

박초이 소설가의 **<군산의 감정>**은 사람의 착각이 어떻게 죽음을 만들어내고, 행동을 이끌어내는지 보여준다. 우리는 때때로 상대방의 말을 잘못 알아듣고 멋대로 이해하고 착각할 때가 많다. 그 착각이 누군가의 죽음이라면 어떻게 반응할까.

이찬옥 소설가의 **<태후사랑>**은 삶 속에 함께 있는 죽음, 불현듯 다가오는 죽음에 대한 성찰이 돋보인다. 죽음은 추상적인 단어 같지만 가장 가까이 있는 삶이며, 누구나 한번쯤 맞이하게 되는 순간이다. 그 순간을 우리는 어떤 모습으로 맞이하게 될까.

김소래 소설가의 <부유아파트의 죽음 하나>는 아름답다. 가족의 사랑도 받지 못한 채 홀로 쓸쓸하게 죽어가는 노인이 있다. 그는 죽어가는 마지막 순간에도 이웃집 청년을 위해 사랑을 실천한다. 냄새나는 쓰레기를 치워주고, 자신의 양식을 나눠주면서. 숭고한 희생을 목격하는 것은 언제나 아름답다.

김영석 소설가의 <프랑스 말로는 코아코아>는 고독사한 것처럼 비쳐지는 엄마의 죽음을 담담하게 그려낸다. 엄마는 떠났지만 화자가 녹음한 '개구리 울음소리와 함께 남겨진 엄마의 목소리'를 듣는 장면은 울림이 크다. 오래도록 여운이 남는다.

김주욱 소설가의 <굽다리 요강>은 할머니 죽음을 둘러싼 죄의식과 가족간의 갈등을 굽다리 요강을 통해 보여준다. 세밀한 인물묘사와 내면 심리가 돋보인다. 죄의식이 어떻게 흘러가는지 보여주는 부분은 놀랍다.